ROMANCE MEDIÚNICO
NAS TRILHAS DO
UMBRAL
Eulália
EDITORA
EME

Solicite nosso catálogo completo, com mais de 500 títulos, onde você encontra as melhores opções do bom livro espírita: literatura infantojuvenil, contos, obras biográficas e de autoajuda, mensagens espirituais, romances, estudos doutrinários, obras básicas de Allan Kardec, e mais os esclarecedores cursos e estudos para aplicação no centro espírita - iniciação, mediunidade, reuniões mediúnicas, oratória, desobsessão, fluidos e passes.

E caso não encontre os nossos livros na livraria de sua preferência, solicite o endereço de nosso distribuidor mais próximo de você.

Edição e distribuição

EDITORA EME

Avenida Brigadeiro Faria Lima, 1080 - Vila Fátima
CEP 13369-040 - Capivari-SP
Telefones: (19) 3491-7000 | 3491-5449
Vivo (19) 9 9983-2575 | Claro (19) 9 9317-2800
vendas@editoraeme.com.br - www.editoraeme.com.br

@editoraeme /editoraeme editoraemeoficial @EditoraEme

MÔNICA AGUIEIRAS CORTAT
PELO ESPÍRITO ARIEL

ROMANCE MEDIÚNICO

NAS TRILHAS DO UMBRAL

Eulália

Capivari-SP

A Editora EME mantém o Centro Espírita "Mensagem de Esperança" e patrocina, junto com outras empresas, instituições de atendimento social de Capivari-SP.

6ª reimpressão - fevereiro/2023 - de 12.001 a 13.000 exemplares

CAPA | André Stenico
PROJETO GRÁFICO E DIAGRAMAÇÃO | Marco Melo
REVISÃO | Letícia Rodrigues de Camargo

Ficha catalográfica

Ariel, (espírito)
Nas trilhas do umbral - Eulália / pelo espírito Ariel; [psicografado por] Mônica Aguieiras Cortat - 6ª reimp. fev. 2023 - Capivari, SP: Editora EME.
200 pág.

1ª ed. jan. 2019
ISBN 978-85-9544-086-9

1. Romance mediúnico. 2. Intercâmbio espiritual. 3. Umbral. I. Título.

CDD 133.9

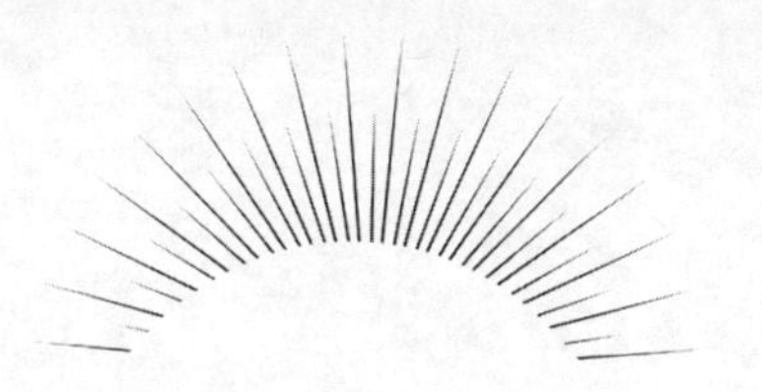

Sumário

... O ambiente poderia ser descrito como o pátio de uma grande prisão, onde condenados por seus crimes transitam uns entre os outros, olhando-se e avaliando-se, julgando-se mutuamente o tempo inteiro...

Ariel

O mesmo sol que ilumina esses seres aqui, ilumina a Terra e a nossa Colônia, esqueceu-se? Mesmo nesse solo pobre, nessas árvores *meio secas, nesse ar meio pesado, Deus ali está. Procura, e O encontrará!*

Olívia

Pobre de quem acha que pode fazer o mal sem esperar por retorno!

Eulália

Para Zu

Sempre o primeiro leitor dos livros,
e que me mostrou que para ser generoso não importa
o que você tem, mas sim,
o que você é...

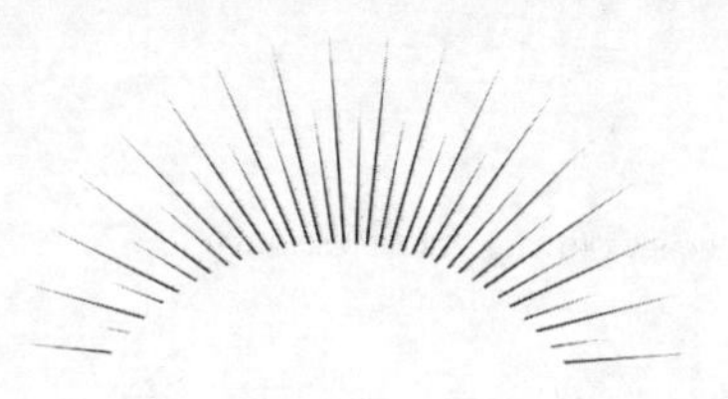

Introdução

O QUE É O umbral? Transposição entre o mundo dos vivos e a espiritualidade, vão da porta entre essas duas realidades, que parecem tão diferentes, mas não passam de uma continuação eterna do caminho na imortalidade para o espírito. É o lugar para onde vão aqueles que se sentem perdidos, deslocados, culpados ou infelizes de alguma forma.

Fôssemos católicos, ou crentes de uma das diversas e boas congregações existentes, definiríamos o umbral como o inferno ou o purgatório. Como espíritas, porém, não podemos aceitar a eternidade das penas, se acreditamos num Deus infinitamente superior, expressão de bondade e amor absolutos. Os erros de uma alma, cometidos em alguns anos, não devem ser punidos com a eternidade! Seria injusto demais! Nosso Pai amoroso quer que o filho aprenda e evolua! Por isso, a dádiva da reencarnação.

Como é o umbral? Imenso... Ele circunda a Terra, por sobre os oceanos e montanhas. Sua dimensão não é física, mas espiritual. Embora eu trabalhe já há algumas décadas como socorrista de espíritos que habitam o umbral, não conheço dele mais do que ínfima parte, e é sobre ela que posso discorrer.

O meu trabalho auxiliando esses espíritos e encaminhando-os à Colônia *não* é *fácil*, e nunca vamos sozinhos: eu mesmo vou com Clara, minha boa amiga, que tem estado comigo há décadas. Ela pode parecer apenas uma pequena mulher, mas é destemida e cheia de fé.

Por que não vamos sozinhos?

O campo energético do umbral costuma ser denso, negativo. Cada ser que o bom Deus coloca no Universo possui força e energia, independentemente do grau de inteligência que possua, e essa energia modifica o clima, o ambiente, e o estado mental das pessoas que passam por perto. Já se disse uma vez que "nenhum homem é uma ilha"; no mundo espiritual, isso é a maior das verdades. Logo, um ajuda o outro em caso de necessidade, mas o resultado do trabalho, quando obtemos sucesso, o que nem sempre acontece, é gratificante!

Existem alguns visitantes que exploram pequenas partes do umbral e acreditam saber como é o território inteiro. É só falta de informação... Existem seres que passam séculos no umbral antes de reencarnar, e lá constituem outras sociedades a seu próprio modo. Apesar de serem espíritos, *sentem realmente dor*, tamanho o seu vínculo com o materialismo, se desesperam quando notam que perderam o seu poder financeiro, julgam que sentirão, pela eternidade, a moléstia que os vitimou, já que foram levados a acreditar nisso, e ninguém vem cuidar deles. Os egoístas são habitantes frequentes do umbral; nunca cuidaram de ninguém, por que cuidariam deles?

O leitor pode dizer que se parece então com a Terra, e eu até diria que sim, em certos pontos. Mas em nosso amado Planeta existem pessoas de muito bom coração, que iluminam os caminhos de outras, e também as que servem de vítimas perfeitas a pessoas não muito bem-intencionadas. No umbral essas vítimas não estão ali... Uma das qualidades de um espírito inteligente, sendo ele bom ou não, é a de se comunicar mentalmente. Qualidade esta que perdemos em grande parte quando estamos vestidos na carne. Logo, enganar no mundo espiritual fica mais complicado, e estar entre pessoas com valores morais negativos deixa a situação ainda mais complexa.

Isso faz com que essas pessoas deixem o ambiente incrivelmente pesado, tornando, às vezes, difícil qualquer recuperação. Quando começamos esse livro, minha boa amiga Clara me pede que eu resgate um suicida, cuja mãe se encontra desesperada por sua situação. E eu a atendo.

Um dos problemas mais sérios de tentar resgatar alguém que não se arrependeu e nem pediu para ser resgatado é que sua energia se confunde com as dos demais, tornando difícil a sua localização. Quando descobrimos a região onde ele estava, saímos à sua procura. Clara, Olívia (que já pertence a um mundo superior) e eu. Fomos em três, por saber que poderíamos ficar vários dias, como realmente ficamos, coisa que eu nunca tinha feito antes, devido à natureza do umbral.

Ao longo desses dias, à procura desse suicida, encontramos outras pessoas, e eu resolvi passar à médium, que de início não se mostrou nada entusiasmada em virtude de a história se passar no umbral. O relato de toda essa viagem está rendendo não um, mas três livros, cada qual com sua lição subsequente. Você pode ler apenas um, pode ler em qualquer ordem, pois são histórias distintas, e também pode ler os três, em sua ordem.

Vai aqui então uma trilogia, *Nas trilhas do umbral*, pois embora possa haver estradas no umbral, eu lá só encontrei trilhas, dessas feitas no terreno ora seco, ora um tanto pantanoso, cercado dos mais diversos tipos de vegetação. O clima, onde estive, era de um frio intenso. Às vezes de um frio "seco", como neste primeiro livro, às vezes úmido, como no segundo livro.

Mas o mais interessante de tudo isso, foi o que observei pela primeira vez nessa viagem: amante da natureza feita pelo Criador, mesmo naquela terra inóspita e com tanto sofrimento, raras vezes vi pores de sol tão lindos, um misto de vermelho, com bordas prateadas e, às vezes, mesmo um fundo lilás, como os que vi no umbral. É como se Deus quisesse lembrar aos seus, frequentemente, "Veja que maravilha eu criei! Olhem bem; estou aqui, para quando quiserem me ver!".

E vendo aquilo, eu tive que sorrir de quem acreditava que "vales de sofrimento" pertencessem a uma entidade voltada para o mal. Nunca! Tudo no Universo, mesmo o umbral, pertence a Deus!

Ariel

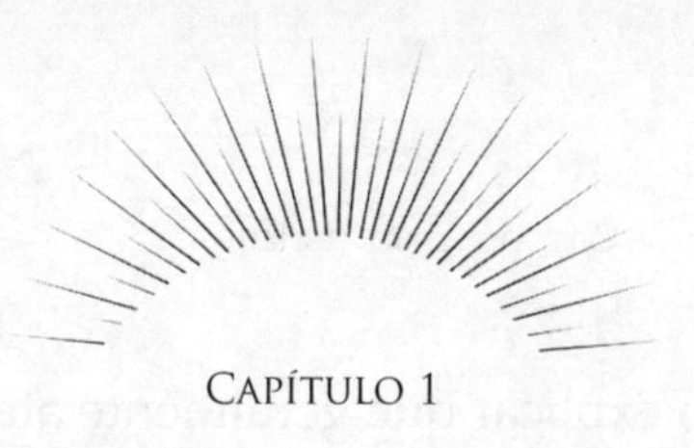

Capítulo 1

Clara faz um pedido

Na Colônia Espiritual

– Disseram-me que o senhor consegue realizar resgates considerados impossíveis! Por isso peço que vá resgatar o meu filho, há tantas décadas preso no umbral. Não é possível que Deus tão amoroso, não se apiede de um suicida! Depois de tanto tempo, ele já pagou pelo que fez.

Olhei para aquela senhora de seus presumíveis sessenta anos, cabelos louros bem penteados, olhos claros cercados de pequenas rugas, pisados em lágrimas, lábios finos e bem maquiados e senti nela além da dor, a culpa. Que história ali se avizinhava ainda não sabia, e encarei minha querida amiga Clara, companheira de resgate de espíritos do umbral, onde trabalhávamos juntos há longa data, como a perguntar mentalmente no porquê de pedido tão especial.

Aqui devo explicar que geralmente atendemos a pedidos de ordem superior, que nos indicam onde e quando agir, e vamos de bom grado. Mas esse pedido era feito por Clara, que me olhava suplicando. Minha querida amiga sempre me surpreende, pois apesar de ser pequena (é uma moça miúda e esguia, cabelos muito lisos e castanhos, porte ereto, doce e cativante, bonita em sua simplicidade) tem o que se chama de "uma fé que move montanhas", qualidade muito útil quando se trabalha em ambiente denso, como o campo espiritual onde ficam espíritos ainda em menor grau de evolução. Negar algo a Clara? Como, se ela nunca tinha me pedido nada? Ainda assim, cônscio de que teria que falar com meus superiores, respondi:

– Senhora, não sou digno de tantos elogios, mas se é a pedido de Clara, devo dizer que muito me esforçarei pelo seu filho. Não pense jamais que é vontade do Criador que seu rebento sofra, se isso acontece é por conta dos sentimentos dele mesmo e tudo faremos para auxiliá-lo.

A essa resposta, a senhora franziu bastante a testa, ao que Clara explicou:

– É verdade, dona Cínthia! Lembra-se do tempo em que a senhora mesma andou um pouco perdida? Quando começou a se arrepender de fato e orou, nossos amigos foram ajudá-la, não foi assim?

Senti a senhora envergonhar-se nitidamente e lembrar-se de um passado que fazia força para esquecer, coloquei minha mão em seu ombro e olhando-a nos magoados olhos azuis disse logo:

– Não existem santos aqui, dona Cínthia! Não se envergonhe de nada, nem tenha receio de julgamentos. A senhora ainda é quase uma recém-chegada, está na Colônia há pouco tempo. Vá às palestras, informe-se, faça amigos! Saberá assim que temos muitas vidas, e que com isso, temos todos muitos pecados, pois em cada vida temos nossos aprendizados. Ninguém vai julgar a senhora aqui. E tenha certeza de que vamos tentar por todos os meios ajudar seu filho. Como é o nome dele?

Ela ergueu os olhos azuis e me encarou mais confiante:

– Fabrício! Chama-se Fabrício, o meu rapaz! Vai ajudá-lo mesmo?

– Vou falar com meu superior, ele aprovando, iremos Clara e eu. Por enquanto, a senhora ore por ele e por nós. Não faz ideia de como oração de mãe ajuda!

Assim falando, me despedi dela e fui levando Clara pelo braço até o prédio onde ficava o nosso supervisor, mas antes que chegássemos, sentei-me com ela num banco de praça, aproveitando o sol cálido da manhã. Ela esticou os bracinhos e me deu um lindo sorriso:

– Sabia que você ia ajudar! Ficou com pena dela também, não foi?

Tive que achar graça, pois para ser muito franco, não tinha simpatizado muito com dona Cínthia, que eu notei logo ter sido há pouco resgatada do umbral, pela energia um tanto "perturbada". Como ainda estou longe de ser um "espírito puro", mas já detenho certos conhecimentos, sei que é normal simpatias e antipatias entre espíritos. E sei que não posso, de jeito nenhum, desejar ou fazer o mal para quem quer que seja. Hábil leitora de pensamentos, Clara se saiu com esta:

– Pois imagine a virtude de fazer o bem a quem se antipatiza? Fazer o bem a quem se gosta, é fácil!

Tive que concordar com ela e rir:

– Andou vendo Olívia, foi? Parece resposta dela!

Foi a vez de Clara rir, pois nossa linda amiga era famosa pelas respostas certeiras. Mas, não me fiz de rogado e perguntei logo de onde tinha conhecido e quem era dona Cínthia, pois queria saber onde pisaria. Muito à vontade, Clara me disse o que sabia:

– Trata-se de uma senhora do interior do Rio Grande do Sul, de origem humilde, mas bem feita de corpo e ambiciosa, casou-se cedo com um senhor, vinte anos mais velho, rico estancieiro, e logo tornou-se a mulher mais rica da região. A estância era de gado de corte a se perder de vista, tinham uma vida muito abastada, e ela desencarnou por volta de 1950.

– E ela amava o marido? – perguntei.

– Não. Era um casamento de conveniência para ambos. Ela queria se casar com alguém que lhe tirasse da pobreza, e ele queria uma moça nova que lhe desse filhos e cuidasse dele na velhice. Ela obteve o que queria, ele nem tanto. Ela teve inúmeras gravidezes, mas a maior parte não vingava. Duas foram até o fim: a de Fabrício, nascido quando o pai já tinha 50, e a de Carolina, quando o pai contava com 55. Ao menos ele conseguiu os filhos que queria.

Olhei para Clara, pois sabia que o resgate daquela senhora do umbral tinha se dado há poucos meses... o quê, de tão grave, teria havido para tanto tempo assim de umbral?

- Como veio a conhecer dona Cínthia, Clara?

Ela mexia a grama do chão com os pés, distraidamente:

- Nana levou-a a nossa casa. Sabe como é nossa boa Nana, não tem pessoa que ela não acolha ou que não tente ajudar! Conheceu-a numa Casa de Repouso onde presta serviços, e sabendo do drama vivido pela mulher, trouxe-a até mim. E como ela te admira muito, fez sua fama com dona Cínthia, e aqui estamos nós.

Mais de uma vez me perguntei se acasos realmente acontecem em nossas vidas. Então, a nossa amada Nana, que atualmente morava com Clara e que tinha sido sua babá e melhor amiga na vida anterior, dona de um coração e de uma ingenuidade sem tamanho, tinha trazido uma senhora de uma casa de repouso e falado sobre seus amigos que faziam verdadeiros "milagres" (segundo Clara me contou depois) resgatando gente do umbral. Seria acaso? Acaso existe?

Algo me dizia que havia uma história complexa e triste ali. Olhei minha querida amiga e perguntei:

- Tem certeza, Clara, que quer realmente fazer isto?

- Por que não perguntamos a Serafim? Ele vai, sem dúvida, nos orientar.

Levantamos então e nos encaminhamos para dentro do prédio, onde Serafim parecia já nos esperar, sentado detrás de uma grande mesa em sala luminosa, mas simples. Sorriu ao nos ver e veio nos apertar as mãos, calorosamente, convidando-nos a sentar à mesa ampla de madeira, que ficava no meio da sala. Mal nos sentamos, Clara expôs a situação tal qual era: a senhora que pedia pelo filho, que tinha já se suicidado há décadas, e estava no umbral em estado de penúria e sofrimento. Serafim, ao me ver calado, perguntou-me:

– É estranho que essa senhora não tenha vindo me ver pessoalmente. Essa senhora tem méritos para tal pedido, Ariel? Está preparada para ter o filho junto dela aqui e restabelecê-lo para um bom caminho espiritual?

Tive que dizer a verdade:

– Acredito que ela tenha que se restabelecer primeiro, Serafim. Ela me parece ainda envolvida com muitos problemas.

Desanimada, Clara suspirou, como se entendesse que o pedido não seria atendido. Mas, Serafim continuou:

– O rapaz se mostra verdadeiramente arrependido? Tem pedido auxílio ou proteção?

Foi a vez de Clara responder:

– Não, senhor. Continua perdido em meio ao ódio, incompreensão, medo e culpa. Por isso até hoje não houve resgate. Ainda que nossos irmãos cheguem perto, ele se fecha, nada funciona.

– Entendo...

Serafim baixou os olhos, tentando achar uma saída para o problema. Ficamos em silêncio, Clara e eu, ela um tanto entristecida e eu também, pois tinha muita piedade por irmãos nesse tipo de situação desesperadora. Foi então que Serafim nos olhou com o seu olhar acinzentado brilhando muito, como se acabasse de ter uma ideia, e nos comunicou:

– Se é pedido de vocês, claro que podem ir, embora já saibam o quanto pode ser difícil resgatar alguém que sequer sabe que pode ser resgatado, ou que não crê nisso. Mas devo adiantar que caso o resgate seja feito, ele não deve ir para junto da mãe tão cedo. Ela deve antes evoluir para poder receber o filho. Se não tiver esse merecimento, trabalhar antes suas próprias imperfeições, não terá o filho a seu lado. São espíritos com um passado longo juntos, mas digam a ela, que saberá do que falo. O rapaz precisa se recuperar antes, há muito a se resolver por aqui.

Feliz de poder atender ao pedido de Clara, mas já um tanto ressabiado, perguntei a Serafim:

– Acredito que não devo falar com o rapaz no nome da mãe, estou certo?

Aparando com a mão a barba bem cortada, Serafim me olhou com seriedade e respondeu:

– Não toquem no nome de dona Cínthia com o rapaz. Isso dificultaria muito o trabalho, ou poria fim a ele. Não queremos que ele fique onde está por mais algumas décadas, não é mesmo?

Clara franziu as belas sobrancelhas negras, como quem se pergunta "o que será que houve entre esses dois?", mas eu a puxei suavemente pelo braço para fora, sabendo que teria que estudar bastante a vida de Fabrício antes do resgate, para assim poder me aproximar melhor dele. Serafim ainda tinha algo a nos dizer:

– Sabem que, dado o pedido de vocês, devo pedir aos dois que se encarreguem do moço por aqui, até que ele se integre ao ambiente da Colônia. Acredito que será um aprendizado interessante, e é claro que podem contar com todo o nosso apoio.

Não pude, entretanto, deixar de pensar na atitude de Serafim de nos permitir resgatar um espírito que não tinha ainda apresentado nenhum arrependimento, nem demonstrado fé... tão inusitado tudo aquilo! Tinha visto tantas vezes meu superior aconselhar paciência nesses casos, esperar até que o ser em questão estivesse pronto para ir até a Colônia! No entanto, após ponderar um pouco, ei-lo de olhos cinzas brilhantes, como se soubesse de algo que não sabíamos.

A hierarquia é respeitada no mundo espiritual, porque é completamente diferente do mundo material. Os méritos aqui e o conhecimento são levados em conta e o respeito nosso por eles, que trabalham bem mais que a maioria, é imenso. Serafim devia ter seus motivos... ele sempre tinha...

Foi quando dei pela menina Olívia a me olhar disfarçadamente, com um sorriso leve no rostinho faceiro, e só então ela me perguntou:

– Esqueceu-se da parábola do filho pródigo, meu amigo? Aquele que já trilha o bom caminho não precisa de guia. Quem somos nós para julgar quem merece ser ajudado ou não? Se ele permitiu, e ainda me quis aqui, deve ter seus motivos, não acha?

Meu peito se encheu de fé, e só então eu pensei: por mais dúvidas que eu tenha, o tempo me daria a resposta. De resto, eu agiria de acordo com a vontade de Deus.

CAPÍTULO 2

VIVENDO NA COLÔNIA

DESPEDIMO-NOS DE SERAFIM, QUE nos deu as informações de que nós necessitávamos para ajudar no resgate. Como nem eu, nem Clara tínhamos resgatado um suicida antes, estávamos os dois um pouco ansiosos, e saber que nos tornaríamos responsáveis por ele depois do resgate, me deixou um tanto preocupado, já que não conhecia o rapaz. Saímos porta afora do prédio de linhas clássicas para o mesmo jardim em que havíamos nos sentado e eu procurei o mesmo banco, ambos com as pastas vermelhas nas mãos, que continham informações sobre Fabrício e sua história. Ela me olhou meio sem jeito, mas deu um de seus meigos sorrisos e me disse:

– Que bom que conseguimos, não é? Teve uma hora que achei que ele nos fosse negar o pedido... agora podemos ajudar o rapaz. Não é bom?

Na realidade, eu achava a responsabilidade meio

grande, e estava um tanto receoso. Mas dizer isso a Clara e acabar com seu entusiasmo?

– É, minha amiga. Oraremos e pediremos ao Senhor que nos ilumine nessa jornada. Agora vamos ver aqui o que diz sobre esse nosso irmão que tanto necessita de nossa ajuda.

E abrimos as pastas sob aquele sol suave. Já tínhamos aberto tantas pastas como aquela que nos acostumamos com o conteúdo simples e direto. Fabrício tinha nascido em 1905, em pequena cidade do interior do Rio Grande do Sul, depois constavam histórias de onde tinha estudado, suas principais amizades, crenças (na realidade, embora criado na fé católica, tendia a ser ateu), e outras características como estado de saúde no momento da morte. Havia outras informações, mas não dava grandes detalhes, como sempre, e eu olhei Clara, meio desanimado, pois o resto tratava de sua localização no umbral, em região próxima à crosta terrestre, onde nenhum de nós ainda tinha ido. Ela me perguntou:

– Nunca fomos para aqueles lados, como chegaremos até lá?

Lembrei-me de algo e disse a ela:

– Existem caravanas que partem todos os dias naquela direção em socorro dos desvalidos, eles nos orientarão Clara.

– Será que vamos ao Vale dos Suicidas de que tanto ouvi falar? Dizem ser tão feio, Ariel!

Ia eu responder quando ouvi atrás de mim uma voz de menina, num cheiro de lavanda bem característico. Flutuando atrás de nosso banco, a pequena Olívia riu-se:

– Bem, bonito é que não ia ser, um local chamado de "Vale dos Suicidas"!

Etérea, os cabelos castanhos claros com mechas louras queimadas pelo sol, cacheadas, a boquinha rosada, os olhos esverdeados, era fácil confundir Olívia com uma menina de dez anos. Ali estava um dos espíritos mais antigos que visitavam a Colônia, e que tínhamos a honra de ter por amiga.

– Já esteve por lá, Olívia? – perguntei.

– Sabe o tamanho do umbral, Ariel? – devolveu-me ela a pergunta.

– Dizem que ele circunda a Terra, é assim?

Ela me deu um meio sorriso:

– Pode-se dizer que sim. Mas não vamos tentar entender o que ainda não temos como mensurar. Acha mesmo, Clara, que todos os suicidas são iguais e que vão todos para o mesmo lugar, desde o início da humanidade? Seria esse o "Vale dos Suicidas"?

Os olhos castanhos e serenos de Clara olharam os de Olívia e ela disse numa certeza única:

– Não acredito nisso, Olívia. Se acreditasse nisso, num tormento sem fim desses, teria que acreditar num deus pequeno e vingativo. E eu acredito no Deus do Cristo, no Deus que é amor.

Olívia abriu para ela o seu sorriso mais luminoso:

– É o mesmo Deus em que acredito. Na realidade, *quando desencarnamos nos encaminhamos para onde estão os nossos semelhantes de sentimentos e valores*. Enquanto na Terra ficamos junto de pessoas com as mais variadas características, o generoso ao lado do avarento, o lobo ao lado da ovelha, tudo isso escondido, aqui no mundo espiritual, onde o pensamento pode ser devassado, os iguais se atraem em ambientes distintos.

Clara olhou para ela, finalmente se dando conta da ordem das coisas no mundo espiritual:

– É mesmo verdade! Um espírito maldoso não teria como ficar na Colônia onde seria reprimido continuamente, pois não conseguiria nem mentir nem enganar. Não teria também como alimentar seus vícios! A própria energia exalada pelos muros da Colônia os afasta, como nos atrai!

Descrever o ambiente da Colônia é sempre complicado, mas não raros os que aqui chegam passam dias sem perceber que desencarnaram e que estão num lugar de rara beleza, onde o ar é muito leve, o brilho das coisas é mais suave e a ausência de medo ao caminhar pelas ruas e vielas, é indescritível. Existe paz na Colônia, o ambiente é de aprendizado e companheirismo. Claro que temos irmãos que custam muito a se adaptar, que há dor, saudade dos que ficaram na Terra, ou dos que vão reencarnar, mas também existe a fé, a boa vontade é incentivada.

A arte humana trabalhada em seu mais alto nível, e construções em estilos variados. Espíritos mais desenvolvidos não necessitam de transporte, para os que estão ainda mais ligados à matéria, eles existem, e não há julgamento sobre isso: tudo vem a seu tempo. A paciência é uma virtude que deve sempre ser cultivada.

Racismo na Colônia? Achamos o racismo um engano no mínimo engraçado... ao longo de tantas vidas vimos tantos negros reencarnando brancos e vice-versa. O corpo é apenas uma veste, o Criador ama todas as Suas raças!

Discriminação de origem sexual, quando podemos reencarnar em qualquer sexo para o melhor aprendizado do espírito? Não faz sentido... nem tratar melhor ao rico do que ao pobre, já que aqui a moeda é o bem que se fez, a paz que se conquistou. As coisas são diferentes por aqui.

Hábil leitora de pensamentos, Olívia me disse:

– Aqui o lobo caminha ao lado da ovelha, mas respeita a companheira e a protege, pois não tem fome. Quanto ao Vale dos Suicidas, pode ser que ao ver juntos vários espíritos que findaram suas vidas em momentos de desespero, é mais que possível que algum observador tenha denominado um local do umbral dessa forma. Mas eles não precisam ficar presos em um vale. Na realidade, estão por todo o umbral, nas mais diversas situações, mesmo porque existem boas pessoas que se desesperaram, e pessoas não tão boas também. Cada caso é diferente do outro.

Olhei a pequena menina, em suas vestes coloridas, cabelos caindo pelos ombros qual cascata, a falar de coisas tão profundas que eu tive que sorrir. Ela me olhou e sorriu também:

– As aparências enganam, meu bom Ariel. Não é assim que se diz na Terra? Planeta de vários costumes, em que habitou o Cristo, tão cheio de sabedoria, bondade e amor... lugar em que tantos condenam os nossos irmãos que em hora de desespero, insanidade ou egoísmo, colocam fim a sua própria existência do corpo, achando que assim se livrarão de suas dores. Mesmo no umbral onde os pecados são tão tenebrosos, eles são muito julgados!

Clara levantou-se, ajeitando sua túnica, e disse:

– Tem razão como sempre, minha querida! Não devemos julgar o próximo, e amanhã vamos ao resgate desse nosso irmão. Agora devo voltar à casa e dizer à Nana que converse com a mãe dele, que ela deverá se esforçar caso queira ver o filho no futuro, para o bem dela e dele mesmo.

Fiquei a imaginar a boa Nana a arregalar os olhos castanhos ao saber que a mãe ainda tinha muito a melhorar para poder ficar com o filho. Que tinha se passado entre os dois? O tempo me contaria...

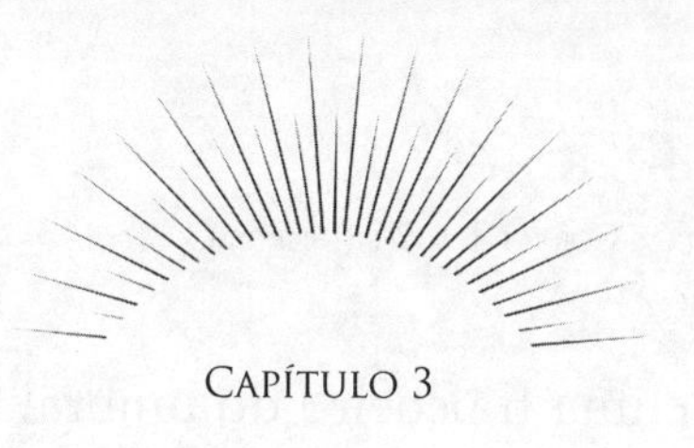

Capítulo 3

Duas irmãs

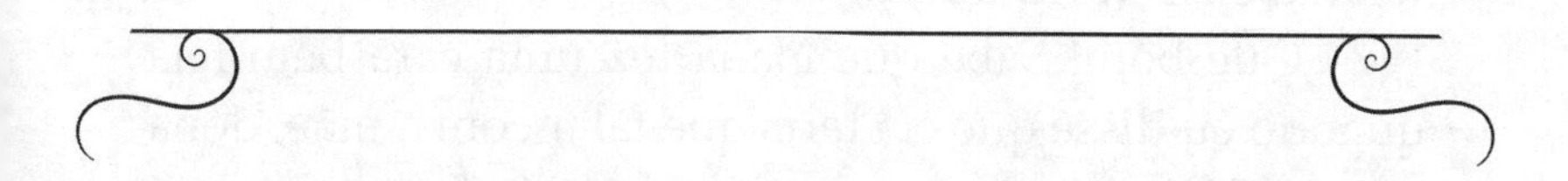

Levantei-me cedo, abracei minha esposa que ficou curiosa ao saber que eu ia ao resgate de um suicida e me desejou sorte. Estefânia era uma bonita mulher com a aparência de trinta e poucos anos, alourada, olhos castanhos, mãos longas, pernas e braços fortes e adorava lidar com crianças. Ao saber que deveríamos ampará-lo quando chegasse à Colônia, ela me disse:

– Bom, se a mãe dele está perto de Clara, traga-o para ficar conosco assim que sair do hospital. Temos um quarto vago, poderemos ajudá-lo. Serafim não disse para mantê-lo afastado da mãe por enquanto?

Sorri para ela, Estefânia era mesmo a melhor das mulheres! Eu tinha ficado mais aborrecido com a ideia de ter um hóspede, que mal conhecia em casa, do que ela! Dei-lhe um abraço e fui ver Clara, que já me esperava na praça central da Colônia, usando seu abrigo escuro e forte, para o clima traiçoeiro do umbral. Minha cabana com Estefânia era bonita, feita de madeira escura e forte, com dois pisos e um porão amplo. Tinha dois quartos arejados no andar de cima, e mais um no porão com um banheiro separado. Uma sala e uma cozinha grandes no meio da construção, tudo isso cercado por varandas e plantas dos mais variados tipos. Comportaria facilmente mais um hóspede. Disse a Clara sobre a oferta de Estefânia e ela abriu um sorriso:

– Que bom! Sabe que Nana fez uma cara bem feia quando eu disse que ela teria que falar com a mãe, dona Cínthia? Disse que era "um despropósito" não deixar a mãe ver o filho! Mas, como eu disse que era Serafim que disse aquilo, e que era só ela progredir que o veria, ela sossegou um pouco.

Pensei na minha boa negra revoltada, justo ela que tinha um instinto materno extremamente arraigado, ainda que não tivesse tido filhos biológicos em sua última encarnação, e sorri:

– Não achava que ela ia se comportar diferente. Nana é boa demais, acha que todo mundo é bom também.

– É... Mas que bom que, caso consigamos resgatar Fabrício, ele vai para a sua casa, bem longe da minha. Nunca se sabe, não é mesmo?

Assenti com a cabeça. A caravana passou, com dezenas de pessoas, e nos encaminhamos para ela. Indagamos a um senhor de aspecto bondoso, mas sério, quando passaríamos pela área onde estava Fabrício, e ele franziu as sobrancelhas grisalhas:

– Ah! Então são vocês que vão ficar naquela área?

Era um senhor de estatura mediana, coberto com um manto marrom, grosso, que aparentava os seus cinquenta e poucos anos bem vividos. De pele morena clara e cabelos lisos e grisalhos, olhava-nos francamente analisando, a mim e a Clara, antes de entrarmos no transporte. Como eu fiz que sim com a cabeça, ele continuou:

– Já estiveram por lá? É um ambiente meio conturbado... e faz frio!

Clara sorriu para mim, abrigada em seu manto, bem protegida, eu que não tinha sido tão precavido, suspirei. O senhor Mauro (que era assim que se chamava), logo me tranquilizou:

– Não se preocupe, aqui tenho um manto que lhe servirá bem! Tem experiência no umbral? Sabe como voltar à Colônia, não é? Vamos para uma área mais adiante, mas lhe deixaremos por lá...

Aqui vale uma explicação: se somos espíritos, como sentimos frio, ou calor, já que estamos despidos do corpo físico, e não somos mais apegados à matéria? É razoavelmente simples. Quanto mais evoluído e perfeito o espírito, menor a influência que ele sente. Nós, na Colônia, ainda sentimos o clima agradável de lá, mas no umbral, onde ficamos cercados por espíritos que são *muito* apegados a sensações físicas e *influem* energeticamente no ambiente, muitas vezes sentimos não só clima, mas o cheiro, os sentimentos, as sensações correspondentes àquele plano. Logo, a preocupação do companheiro com as minhas vestes era relevante, já que estou longe de ser um espírito perfeito.

Fui respondendo às perguntas dele: sim, sabíamos

voltar à Colônia de qualquer lugar que estivéssemos, pois tínhamos treinamento para isso. O manto marrom, como o dele, me serviu perfeitamente, e eu logo fiz mais um amigo. Entramos num transporte que mais parecia um moderno trem terrestre (bem mais moderno e mil vezes mais silencioso), não podíamos ir de outra forma, pois ainda não conhecíamos o local, e, ao cabo de algumas horas, nosso bom Mauro nos deixou desejando-nos sorte, em um vale lodoso, de vegetação rasteira, com algumas árvores ao longe completamente desfolhadas, e um vento que soprava gelado por entre algumas montanhas que pareciam estar longe.

Que horário seria? Pela posição do sol pensei no meio-dia, mas as nuvens garantiam um mormaço leve como em dias de frio intenso. Dei meu braço a Clara para que ela não tropeçasse, pois o terreno era bem incerto e fomos tentando nos acostumar à paisagem feita de arbustos, pequenas cabanas ao longe e já avistávamos alguns pequenos aglomerados de espíritos que ali habitavam.

Na realidade já tínhamos estado no umbral muitas vezes, em missões incontáveis, visto dezenas de ambientes diferentes e uma coisa ele havia nos ensinado: quando você acha que já viu de tudo, algo diferente acontece. Lendo meu pensamento, envolvida em seu manto cinza, Clara me animou:

– É verdade. Mas quase sempre tivemos sucesso, não foi?

Verdade... sucessos, situações engraçadas, outras meio aterradoras de início, mas uma coisa eu não podia negar: o aprendizado tinha sido fantástico e a minha fé que já era grande, tinha se fortalecido a ponto de ficar imensa. Servir ao Criador dessa forma era sempre gratificante e eu encarei minha amiga, cujo rostinho faceiro brilhava dentro de seu manto. Olhei minhas mãos e vi que brilhavam também, pois vibrávamos numa energia completamente diferente do ambiente em torno. Isso nos protegeria, pois os outros habitantes do umbral não nos perceberiam entre eles, e nós poderíamos chegar a Fabrício com mais facilidade.

Continuamos a nossa caminhada por um terreno íngreme, observando alguns ajuntamentos de pessoas dos mais diversos tipos. Muitos se encaminhavam para a Terra, outros voltavam de lá, e a agressividade entre eles era palpável, assim como a desconfiança. Entre os encarnados, o ambiente poderia ser descrito como o pátio de uma grande prisão, onde condenados por seus crimes transitam uns entre os outros, olhando-se e avaliando--se, julgando-se mutuamente o tempo inteiro, perdidos em sensações várias, cada qual em diferente nível de evolução, perdidos em seus próprios desalinhos.

Os seus pensamentos nos atingiam em níveis vários, dado o nosso desenvolvimento espiritual, e vi no rosto de Clara as sobrancelhas franzirem-se com a confusão de ideias negativas reinantes. Por momentos, que pareceram uma eternidade, percebemos com nitidez que ali estavam estupradores, assassinos, ladrões, pedófilos, abusadores, corruptos da pior espécie, e a energia deles era extremamente pesada. Na esperança de achar Fabrício tínhamos aberto a nossa "guarda" e eu notei

Clara em oração profunda como a pedir auxílio para que identificássemos sem muita demora o nosso futuro protegido.

Em nosso trabalho era comum resgatar espíritos que se encontrassem em sofrimento no umbral, mas resgatávamos apenas os que *pediam para ser resgatados,* clamavam pelo Criador, se arrependiam de seus erros e assim, deles brotava uma luz, um sinal que nos guiava até eles no meio da escuridão do umbral. Mas Fabrício *não tinha* chamado pelo Criador, nem se arrependido, até onde eu sabia, logo, achá-lo não seria tarefa fácil!

Pus-me em oração também ao lado de Clara, principalmente para não "escutar" nem ter mais visões de pensamentos tão perturbadores. Abracei minha amiga com meu braço direito para protegê-la de tamanha energia negativa que nos cercava, quando senti uma lufada de ar fresco e abri os olhos, dando com uma luz azulada e a aparência luminosa de Olívia, flutuando em nossa frente, com um sorrisinho travesso:

– Ora, vamos... estão melhores? Aqui está muito escuro, vim iluminar um pouco.

Nos aproximamos de um grupo, onde duas mulheres conversavam e três homens as observavam ao longe. A mais velha não devia passar dos trinta anos, vestida à moda do século dezenove, corpete justo, seios quase à mostra, morena clara, nariz um tanto pontudo, cabelos despenteados. Pela roupa parecia ter sido de classe abastada, mas sua beleza era pouca, vulgar, e portava algumas joias que pareciam ser caras.

A outra também era morena, mas bem mais jovem,

e tinha com ela certa similaridade física. Seriam irmãs? Só que esta trajava-se com simplicidade, o vestido era mais simples, e sua aparência era de no máximo vinte e cinco anos. Também não era bela, e notei nela, para meu espanto, uma cor amarelada e um cheiro de vômito empesteando o vestido simples. Teria morrido de males do fígado, ou sido envenenada? Tive pena dela, assim como Clara, mas mantive-me observando precavidamente. As duas comentavam sobre os três homens relativamente jovens, mas não bem-apessoados, que as olhavam de longe. Disse a mais velha:

– Vê bem, Clotilde... aqueles três lá. Que será que querem?

– Nos atormentar com certeza! Não é só para isso que prestam? Ande, dê-lhes as costas! Acha que vai fisgar algum tolo aqui como fez com teu marido? Aqui não há tolos, minha querida!

A mais velha continuava a olhar sobre os ombros, a observar os três, mas estes ao se aproximarem, pararam e fizeram um ar de desagrado. Em seguida, voltaram e foram embora. A mais velha ficou furiosa:

– Maldita! Com certeza foi esse teu cheiro de vômito! Por que tenho de andar contigo? Afasta meus pretendentes!

A outra riu-se:

– Ficou bem uns cinco anos sem mim por aqui, e quando a encontrei, estava só, louca e encolhida! Quer ficar assim de novo, Leocádia? És uma burra, que teve sorte uma vez na vida, e não soube sequer aproveitá-la! Casou-se com um homem bom e rico e o que fazia?

Traía-o desavergonhadamente! Pariu até um filho negro que teve que assassinar!!!

Leocádia encolheu-se:

– Foram tempos complicados! Não fosse você conseguir um bebê branco, não sei como teria feito.

– Nem me lembre disso! Tanta morte para esconder o seu malfeito de ter um escravo por amante. Ainda me lembro daqueles italianos, os pais do bebê, me amaldiçoando. Tudo por culpa desses seus desvarios!

Leocádia desviou o olhar, e eu pensei se queria ouvir mais daquela história tão sórdida. Decidi que não e resolvi que seria melhor sair dali. Clara, no entanto, tinha a famosa curiosidade feminina, e comentou:

– Nossa, que mulheres mais complicadas! E pelo jeito faleceram cedo...

Olívia, cuja habilidade de "enxergar" o passado alheio sempre tinha me encantado, disse:

– A gente colhe o que planta, minha querida! No caso delas, a colheita não se fez esperar!

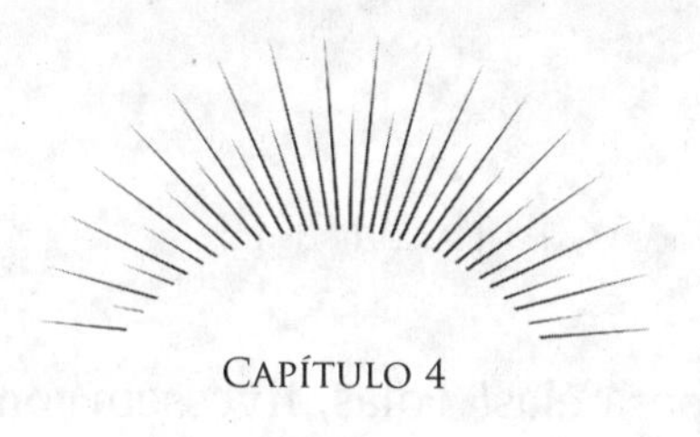

CAPÍTULO 4

VAIDADE E PRECONCEITO

COM ESSA RESPOSTA, ATÉ eu fiquei curioso, e perguntei:

– Mesmo? Além de roubar um bebê alheio, que mais aprontaram?

Ela olhou para as duas com ar triste:

– Não se lembram, mas eram inimigas antes, reencarnaram como irmãs para desenvolverem uma amizade. Ficaram amigas realmente, na medida do possível, mas se uniram e fizeram o mal de acordo com as suas naturezas. O bebê, de pele morena escura, foi assassinado assim que nasceu. Só não foi abortado, pois tinham esperança de que fosse branco! Acham que se arrependem disso? Nem pensar!

Se eu já não gostei das duas antes, agora a simpatia era inexistente. Clara abriu a boca de espanto:

– Jura? Matou o próprio filho?

– Com a ajuda da irmã, assim que nasceu. Não tinha

"utilidade" para elas! Tolas, tivessem tomado uma atitude diferente, poderiam ter tido uma vida melhor: era uma alma inteligente, boa, altiva! Com certeza as ajudaria muito no futuro.

Pensei que no fundo a alma do menino tinha era "escapado" daquelas duas bruxas. Se era assim, voltou ao plano espiritual, onde deve estar bem melhor. Olívia continuou:

– Os pais do menino, italianos, ficaram desesperados com o sumiço do recém-nascido, lindo, de cabelos louros, claro, gordinho. Procuraram por todo lugar o menino, até que souberam que o homem mais rico do lugar tinha tido um filho igualzinho ao deles. O menino já estava com seis meses, quando passeando com Leocádia, a suposta mãe, a italiana aproximou-se dela em plena calçada pública e começou a gritar que aquele era o filho dela, e o marido dela, que já desconfiava, pois a criança não se parecia com ninguém, notou como o menino se parecia com a mãe verdadeira.

Clara ouvia a história com expressão de espanto:

– Foi... É? E que aconteceu, então?

Olívia balançou a cabeça:

– Não disse nada na hora, mas depois de alguns dias, interpelou a mulher, de quem já não gostava, de tal maneira, que ela confessou. Uma bofetada mal dada a lançou de encontro a um móvel aonde ela bateu a nuca e faleceu instantaneamente. O menino, segundo a memória da irmã mais nova, foi entregue à italiana, a morte dela foi dada como acidente. Nem mesmo a irmã orou por ela, pois não tinha fé.

Clara estava boquiaberta:

– Que história! Pelo menos o menino voltou aos pais! E a outra, morreu logo depois?

Olívia olhou a mulher mais nova, Clotilde, que tinha um aspecto doentio, e o vestido cheio de um vômito amarelado:

– Ela vivia com a irmã, que a acolheu logo que se casou. Não era bonitinha como Leocádia, mas tratava bem ao cunhado, que a suportava, em nome do parentesco. Assim que descobriu os malfeitos da mulher, e depois da morte desta, ficou sem saber o que fazer com a cunhada. Após alguns dias do enterro, chamou-a e disse que sabia da trama que as duas tinham feito, o que deixou a pequena Clotilde bastante amedrontada. Não tinha para onde ir, nem sabia o que fazer... Tentou a piedade do cunhado, disse que tinha sido obrigada a mentir pela irmã, mas nada disso o demoveu. Por fim, chegaram a um acordo.

– Que acordo? – perguntei eu.

– Ela podia ficar na casa, mas ficaria como criada, em troco de casa e comida. Podia ir embora quando quisesse, e se fosse, era melhor! Sem ter para onde ir, Clotilde deu graças aos céus por ter comida e um teto sobre sua cabeça, e se intitulou "governanta" da grande casa da fazenda, infernizando a vida das escravas, e tentando agradar ao dono da casa de toda forma.

– E deu certo? – perguntou Clara.

Olívia sorriu de forma misteriosa:

– Se ela tivesse agido apenas como uma empregada, talvez tivesse dado! Mas, orgulhosa, não se conformava de ser uma serviçal. Queria, a todo custo, o posto que a irmã tinha ocupado: de esposa! Mas o cunhado não aguentava sequer olhar para ela, pois se lembrava das traições que tinha sofrido. Ela tentava insinuar-se de todas as formas possíveis, arrumar-se com as roupas da falecida, que por sinal ficavam largas demais, esbarrar nele das mais diferentes formas, até que um dia, o pobre senhor decidiu lhe dizer que se ela insistisse naquele comportamento, ele a expulsaria. Queria vê-la o mínimo possível.

Imaginei o desgosto do cunhado de se ver acuado dentro da própria casa, por uma criatura que ele mal suportava, tentando se fazer de "interessante" a todo momento. O sujeito sem dúvida devia ser uma boa alma, tendo tanta paciência. Olívia continuou:

– A partir daquele momento ela compreendeu que devia obedecê-lo ao menos por um tempo. Achou que ele "devia ser tímido", e depois de um mês teve uma ingrata surpresa ao vê-lo adentrar o salão principal com uma bela moça, filha de outro fazendeiro da região, muito bem-educada e bem-vestida, que as escravas comentaram que ia ser a "nova patroa". Escondida, ela o viu desmanchando-se em gentilezas com ela, e mostrando a casa dizendo que "aquele ia ser o seu novo lar".

Clara olhou Clotilde com pena:

– Deve ter sido muito difícil para ela...

Olívia observou:

– Realmente foi. Moça pobre, sem família, pouco atraente, vê o objeto de seu interesse aparecer com uma rival encantadora. O ímpeto que ela teve foi de matar a concorrente, mas nada podia fazer de imediato. Foi para o seu quarto e trancou-se, sem nada dizer a ninguém, e lá permaneceu trancada saindo apenas para comer durante dois ou três dias, ninguém a perturbando ou querendo saber dela. Furiosa, resolveu voltar ao convívio da casa, aparentando alegria, como se nada tivesse acontecido, mas assim que saiu do quarto, uma bonita mucama avisou que o patrão a estava esperando para uma conversa na biblioteca da casa.

Clara perguntou:

– Ele mandou-a embora?

Olívia respondeu:

– O cunhado dela era um homem de quase quarenta anos, Clara, e não era tolo! Notou perfeitamente a natureza de Clotilde, sabia que ela não se interessava por ele, mas por sua situação financeira, e que tornaria a vida dele com a nova esposa um perfeito inferno. Se tinha sido capaz de sacrificar um bebê, que mais não faria? Esperou-a na biblioteca com um saco de moedas da época dizendo que com aquilo ela se manteria por uns seis meses, e que não a queria mais ali. Esperaria apenas até o dia seguinte para que ela fosse embora... o cocheiro a levaria até a vila mais próxima.

– E o que ela fez? – perguntou Clara.

– Ficou assustada, mas percebeu que nada do que fizesse melhoraria sua situação. Pegou o saco de moedas e sem palavra, deixou a biblioteca. Em seu quarto deu vazão às lágrimas, e depois contou o dinheiro: achou pouco, que não daria para muita coisa... viveria seis meses sim, mas miseravelmente! E depois, quem cuidaria dela? O desespero avizinhou-se de sua mente, e assim que todos dormiram, ela foi até a cozinha onde dissolveu veneno para ratos em água e ficou olhando a mistura com ódio e angústia: para que meses de desespero pela frente? Pelo menos eles viveriam com a culpa da morte dela! O veneno era rápido, todo mundo dizia isso! E engoliu rápido quatro goles que desceram queimando por seu esôfago. Impossível descrever a dor que sentiu quando chegou ao estômago, o vômito que causou, a náusea forte, a impressão de que estava sendo cortada por dentro! *Disseram que ia ser rápido! Que mentira deslavada!* O coração parou de bater, mas a sensação, essa parecia durar por séculos...

Olhamos Clotilde e seu vestido sujo, agora ali está com a irmã, depois de tanto sofrimento, ainda sente dor, embora seja menor, dificuldade de falar, ligada à matéria, assim continua.

Caminhamos um pouco mais à frente e nos deparamos com um riacho em meio ao lodo, de águas muito claras, e eu vi a bondade de Criador, que supre com vida todas as suas moradas. Muito impressionada com a história das duas irmãs, Clara comentou comigo:

– Nossa, Ariel, essas duas ainda têm um longo caminho pela frente! Quanto egoísmo, quanta maldade!

– Pois é... vai saber! Mas imagine se tivessem uma vida longa, o quanto mais de mal não fariam, o tanto mais de faltas que teriam que pagar?

Ela concordou com a cabeça, mas depois me disse:

– E as pessoas dizem que tanta gente boa também se vai cedo! Encaram como se fosse um castigo divino...

Eu sorri para ela:

– Um mestre disse certa vez: "O que a lagarta chama de fim do mundo, o homem chama de borboleta." Você mesma não veio cedo? Só que veio para a Colônia, e quanto bem tem feito por aqui? Reencontrou o amor de muitas vidas, conseguiu orientar sua filha que ficou na Terra, mesmo daqui, ajudou um sem-número de pessoas, e agora ainda auxilia tantas a se reerguerem! Nós sabemos, Clara, que a vida continua! Ninguém "se vai", só "muda de lugar", e alguns para lugares muito melhores, como foi o seu caso! Lembra como às vezes se sentia só na Terra? Alguma vez se sentiu só na Colônia?

Ela sorriu, lembrando-se do marido amado, dos muitos amigos e disse:

– Realmente, nunca! Entre nós me sinto entre iguais! Na Terra tinha a minha filha, a quem tanto amava e que me custou deixar, mas com a bondade do Criador e a minha fé, ei-la aqui hoje comigo, e somos todos nós tão felizes! Consegui ajudá-la mesmo estando aqui, e mesmo ela, a quem tive de deixar aos três anos de idade, enxerga isso.

Olhei minhas duas amigas um tanto preocupado, eram muitas pessoas, muita informação em torno de nós, não haveria um jeito mais fácil de encontrar Fabrício?

– Achei que ia ser difícil, mas não tanto! Não conhecia essa área do umbral. Acredita que podemos achá-lo? É muita gente, e nem sabemos direito como ele é.

Olívia olhou em volta, pegou em nossas mãos e num segundo, nos vimos no alto de uma colina, onde avistávamos todo o vale. Realmente eram, à nossa vista, centenas de pessoas. Avaliou o verdadeiro formigueiro humano que se desenrolava aos nossos olhos, a formação de pequenos grupos, e depois apontou para nós, pequenos seres, afastados dos demais.

– Vê aqueles? Longe dos outros? Os solitários?

Firmando a vista, que agora eles estavam realmente longe, notei alguns solitários, e não eram poucos.

– Sim... por que estão sós? O grupo os abandonou?

Olívia baixou os olhos, um tanto triste:

– Eles se abandonaram, e são duramente discriminados, até aqui. Costumam ser os suicidas. É entre eles que vamos procurar Fabrício.

Clara olhou para Olívia sem entender direito o que tinha ouvido:

– Discriminados? Como assim? Passei pelo meio de alguns deles e vi seus crimes por suas lembranças e seus pensamentos! Assassinos de crianças, responsáveis por fome de centenas, estupradores! Como podem discriminar os suicidas, que só fizeram mal a eles mesmos?

A linda menina nos olhou com um olhar triste, mas cheio de sabedoria e nos disse:

– Muitos desses infelizes acham-se fortes em suas maldades, Clara. Encaram suas perfídias e falta de caráter como coisas naturais e usam como desculpa o fato de serem materialistas... sequer a morte e a prova do mundo espiritual lhes mancharam o orgulho e a empáfia de estarem tão duramente errados em seus valores falsos. Grande parte deles não têm remorso!

Clara olhou-a, perplexa:

- Praticam maldades e se acham fortes? Como pode ser isso?

Olívia, que flutuava acima do solo, olhou para a multidão abaixo da colina:

- Vou lhe dar um exemplo: Vê aquele senhor, vestido de forma antiga, de rosto marcado pela varíola? Era um feitor de escravos, matou uma quantidade boa de nossos irmãos negros que tentaram a fuga, e hoje diz com orgulho que "era bom no serviço que fazia, não escapava negro nenhum!". Deve reencarnar em breve, e nem tem ideia disso.

Clara calou-se e finalmente entendeu o ponto de vista dela. Espíritos muito primitivos não escolhiam como iam reencarnar, simplesmente porque escolheriam errado, então espíritos mais iluminados escolhiam por eles. Isso era comum... como deixar alguém que não enxerga escolher seu próprio caminho e abandoná-lo à própria sorte, sem ter quem o oriente?

Olhei para as centenas de pessoas no vale, pequeno pedaço do umbral, e não era uma visão bonita. Lembrei-me da visão horrível de suas mentes e sem querer, lembrei-me da vida calma da Colônia, onde a paz reinava, e agradeci a Deus não ter que viver ali, num ambiente onde a desconfiança reinava de forma contínua e a tortura parecia não ter fim, por conta deles mesmos. Olívia continuou com seu raciocínio sobre essas pessoas perdidas:

– Pense bem, Clara, e verá que o que eles têm é *medo*, um pavor profundo de crenças que foram neles infundidas desde cedo. Tiveram uma vida na qual fizeram o que tinham vontade, cederam aos seus instintos mais baixos, foram egoístas, cínicos, manipuladores, fracos, queriam ser satisfeitos imediatamente, e para isso não mediam esforços.

Olhei para ela sem entender direito, conseguia intuir neles a maldade e o egoísmo constante, mas o medo?

– Medo de quê, Olívia? Se permanecem no mal, se continuam a ofender os ensinamentos do Cristo?

Ela me deu um sorriso triste:

– Medo de pagarem por seus erros, Ariel. De estarem errados. Lembre-se de que são seres humanos em estágio de evolução como todos nós, e que Deus não pune, mas ensina, e que quem persiste no erro, causa um grande atraso a si mesmo. Cada ser vivo intui a presença do Criador, e eles não são diferentes, mesmo em sua vaidade tola. Quanto mais persistirem nela, mais tempo levarão para o aprendizado.

Ela olhou novamente para a multidão no vale, e continuou:

– Atormentam os suicidas porque os acham fracos, e ainda levam na mente o pensamento de alguns religiosos que pregavam que aos suicidas só restava o inferno. Eles não acham que estão no inferno, no máximo em algum purgatório, mesmo porque a maior parte deles ainda frequenta a Terra quando quer, logo, que fazem aqui esses suicidas?

Olhei para os infelizes que estavam em pontos separados com enorme piedade, pois não era favorável a nenhum tipo de segregação. Lembrei que quando na Terra, em minha última vida, tinha visto um pároco realmente não deixar enterrar em campo santo (no cemitério local) o corpo de uma moça que tinha se suicidado depois de ter sido abandonada no altar. Lembrei-me da família em prantos, que depois do ocorrido deixou de frequentar a igreja, para desencanto do pároco que perdeu algumas boas doações que eles sempre faziam, e de alguns amigos da família também, revoltados com o sofrimento deles. Estefânia e eu estávamos entre eles. Lendo meu pensamento, a menina continuou:

– A verdade, meu bom Ariel, é que não são poucos, inclusive entre os religiosos, os que confundem a intolerância e a violência, com força e "caráter". Tão fácil julgar e aniquilar o desprotegido. Se esquecem que o fraco de hoje, pode ser o poderoso de amanhã! Nada é imutável. Essas frágeis criaturas que daqui vislumbramos, muitas delas cheias de prepotência, reencarnarão em seu devido tempo, como reencarnamos todos nós, cada qual de acordo com a sua história, num corpo e família talhados para o seu desenvolvimento, pois se eles se esqueceram do Criador, Ele não se esquece deles, como não se esqueceu de nós, que também já erramos muito. Não disse o Mestre: "Não julgai para não serdes julgado"?

Baixei minha cabeça, assim como Clara. Era verdade! Sabedor já de crimes de existências anteriores, na maior parte sanados, agradeci aos céus a chance de estar ali entre aqueles irmãos que padeciam agora de sofrimentos por eles mesmos causados, sem sequer saber que existia outra forma de existência, tão mais pura, tão mais edificante. Pensei comigo mesmo que *o inferno mora dentro de nós,* e nos aprisionamos a ele por meio de pensamentos lúgubres, desejando o mal ao próximo, e colhendo este mesmo mal.

Se na Terra existe a carne que nos esconde os pensamentos, o dinheiro que nos compra o perfume e as belas roupas, no mundo espiritual os pensamentos são expostos, o feroz vive com o feroz, não há como disfarçar o mau cheiro, nem como mentir sobre as intenções. Ficamos com os nossos iguais, e nos submetemos aos nossos próprios caprichos e sentimentos. O mais inteligente, claro, subjuga o menos inteligente, mas nem por isso obtém dele lealdade, pois entre os maus, laços verdadeiros não se formam, e mesmo as associações entre eles, raramente é duradoura. Avessos ao trabalho e à ciência, as moradas são pobres, vulgares, na maior parte das vezes sujas, ao contrário da Colônia de estilos arquitetônicos variados e belos, jardins e fontes luxuriantes. Se aqui a dor é sentida em proporções gigantescas por conta da sensação materialista ser muito grande, na Colônia os hospitais são extremamente acolhedores, e essas impressões são deixadas de lado com rapidez.

A rejeição que eles sentem pelo ambiente do bem, é palpável, o próprio campo energético do lugar os repele ou faz com que eles nem o percebam, e já tivemos casos, de seres acolhidos pela Colônia, trazidos por parentes prestimosos, que por motivo de paixões dilacerantes escolhem o umbral por moradia.

Alguns não se adequavam pelos vícios adquiridos

na Terra. Outros ainda se sentiam incomodados por verem seus pensamentos devassados (a inveja, a vingança e o ciúme são desencorajados na Colônia), e outros ainda não queriam abandonar seus entes queridos na Terra, ainda encarnados. Respeitando o livre-arbítrio, por muito que aconselhássemos, lá iam eles, para a nossa tristeza.

Clara olhava a multidão como se pensasse algo, e por fim disse à Olívia:

– Poderíamos, então, ir somente nesses que estão afastados, não acha? São apenas algumas dezenas, e assim poderíamos, com alguma sorte, achar Fabrício!

Olívia balançou a cabecinha afirmativamente, mas disse:

– É certo. Mas vamos nos fazer visíveis, acho melhor do que eles ficarem "esbarrando" na gente o tempo inteiro. Não vão nos atacar, podem ficar tranquilos!

E assim dizendo, colocou-nos ao pé da colina, e envolveu-nos a todos com a sua luz azul clara, que realmente chamava atenção no ambiente nublado do umbral. Alguns espíritos que estavam por perto, ao ver-nos assim "iluminados", ficaram um tanto espantados, pois estavam acostumados a ver entidades das caravanas, que tinham uma luz clara e branca, uma luz azulada para eles, e uma entidade como Olívia devia ser novidade das grandes. Abriram espaço à nossa passagem com relativa rapidez, o que me tranquilizou bastante, pois eram numerosos e nada amigáveis. A menina, flutuando acima de mim e de Clara, me deu um sorriso travesso e me respondeu em pensamento: "Não disse que ia ser fácil?".

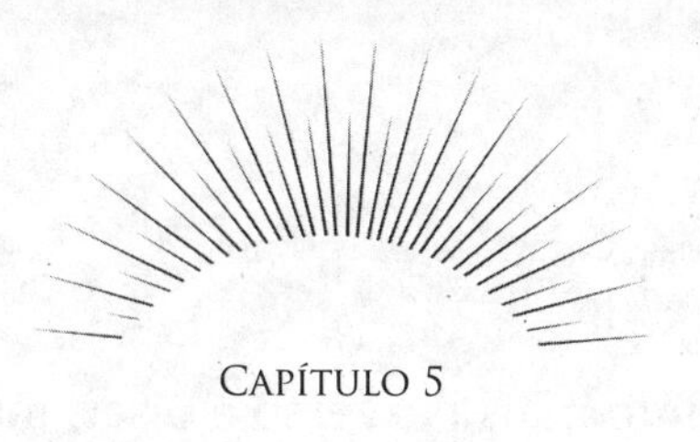

Capítulo 5

A "SANTA" E O PECADOR

Respirando com muito mais facilidade, já que os habitantes locais se afastavam, olhando bastante cismados a luz azulada com que Olívia nos envolvia, lembrei-me de uma frase da oração do Mestre: "livrai-nos do mal".

Incrível como pessoas de boa índole, e eu acho que me incluo entre essas, nos inclinamos a achar que essas pobres almas que ainda estão em processo de desenvolvimento bastante primitivo, e que não sentem pelo semelhante o menor traço de amor ou simpatia, são inofensivas. E não são.

No mundo espiritual quando passeamos pelo meio delas, podemos sentir o campo energético descortinar seus pensamentos, sentir o imenso vazio e inquietude que lhes banha o espírito; ouso dizer que poucas vezes vi energia mais poderosa. O egoísmo é intenso, suplanta a razão, enevoa o raciocínio, e a solidão é dura e intransponível. Quanto mais perverso é o ser, mais vazio ele é, e mais orgulhoso ele se torna.

Assim sendo, ele alimenta sua própria tortura infringindo ao próximo, pequenos ou grandes sofrimentos, achando que assim aumenta seu "poder" sobre os filhos de Deus. Acabam aqui, entre semelhantes, como não poderia deixar de ser e formam grupos até que reencarnam novamente, e aos poucos vão conseguindo a capacidade de sentir a dor alheia como todos nós, através de pesadas provas. Apiedem-se deles, orem por eles, mas se você conhece alguém que deseja o mal alheio, sendo possível, afaste-se dele. Tudo tem seu tempo...

Caminhamos, eu, Olívia e Clara, em direção a um pequeno amontoado de pessoas que cercava um rapaz, coberto de lama, vestindo apenas suas calças naquele frio intenso, acocorado ao chão, braços tampando o rosto. Gritavam para ele insultos como: "covarde!", "bestalhão!", "tinha de tudo, e agora aí está, um mendigo!".

Pensei comigo mesmo: será Fabrício? Clara me olhou esperançosa como quem dizia: será? Mas o que disseram em seguida, nos fez pensar duas vezes. Uma senhora gorda, vestindo apertado vestido de cetim lilás, cabelos louros em cachos miúdos, aparentando seus cinquenta anos bem vividos, de clara origem alemã, com um grosso crucifixo de ouro no pescoço, atirou nele um punhado de lama e gritou com uma voz fina:

– Pederasta! Homossexual! Dormia com homens! De que adiantou se casar, se continuava com essa pouca-vergonha?

Ao nos aproximarmos, eu olhei para ela, que se afastou de nós bem assustada, com o brilho da luz que nos circundava, e eu perguntei a ela, apontando o crucifixo de ouro, pendurado no pescoço:

– A irmã não é cristã?

Tomando-me por alguma entidade superior, ela fez exagerada curvatura, e eu notei que ela, pela roupa que usava devia ter desencarnado mais ou menos em 1920.

– Sou cristã, sim senhor! Nunca faltei a uma missa! Não sei o que fiz para vir para o purgatório. Esse aí sim, era filho de família rica, casado, e a mulher dele pegou-o na cama com outro homem! Um escândalo! Não foi à toa que ele se matou...

Clara condoeu-se do pobre homem, que chorava baixinho e tremia com frio. Viu por perto uma cabana e entrando lá saiu com um manto velho com o qual cobriu o rapaz, que realmente espantou-se muito com a atitude dela, mas aconchegou-se ao manto com sofreguidão.

– Como se chama? – perguntou Clara.

– Tomás – respondeu o rapaz timidamente.

Vendo-o finalmente de pé, vi que o rapaz era até uma bela figura: alto, magro, cabelos lisos na altura dos ombros. O perfil sujo de lama... devia ser mesmo bonito sem aquela sujeira toda. Os gestos eram bem másculos, e imaginei que com aquela aparência deve ter chamado a atenção de muitas moças quando encarnado. Olhei para a senhora que olhava com desaprovação para Clara e indaguei:

– E a senhora, como se chama?

Ela me olhou muito altiva:

– Alba, meu senhor! E esse aí é um pecador, devia estar no fogo eterno de tanto pecado que tem. Pederasta e suicida!

Olhei para ela e depois para Olívia, que observava a situação como a querer ver como eu me sairia daquela. Eu estava irritado, com a senhora em questão, mas decidi falar calmamente:

– O Cristo não disse, dona Alba, para não julgarmos o nosso semelhante?

A mulher ficou vermelha:

– E por acaso o senhor acha que "isso aí" é meu semelhante? Um homem sem moral nenhuma?

Minha irritação cresceu mais um pouco:

– O Cristo não disse para amarmos uns aos outros?

Ela ficou ainda mais rubra e o tom de voz ainda mais agudo:

– O senhor só pode ser representante de satanás, se fica defendendo esse tipo de pecador! Meu pastor sempre me disse que essa gente vai para o fogo eterno! Não tem perdão!

Senti que minhas boas intenções com semelhante senhora estavam a um fio de ir por ladeira abaixo, foi quando a linda Olívia pairou à minha frente e à dela, como se fosse um pequeno anjo azul, e fixou os olhos castanhos e desbotados na menina, que lhe disse na voz doce de sempre:

– Então, certos pecados não têm perdão?

Encantada com a visão dela, dona Alba balbuciou:

– És um anjo? Sim, meu anjo, todos sabem que certos pecados não têm perdão...

Incrível como ainda hoje, a ideia de punição eterna para "certos pecados", ainda tem muitos adeptos. Olívia baixou os olhos, como se estivesse pensativa e com enorme pena da humanidade, e depois disse-lhe:

- Que triste, não? Ficar pela eternidade sofrendo... Sabe, dona Alba, a eternidade é muito tempo! Erra-se às vezes por alguns dias, algumas horas, e tem-se o incontável tempo como castigo... não lhe parece demasiado?

A mulher sorriu para ela com desdém:

- É o que se ganha quando se ofende a Deus!

Foi a vez de Olívia sorrir, e olhar para ela com aqueles olhos esverdeados que mostravam uma sabedoria muito além dos traços delicados de menina. Percebemos, eu e Clara, que ela estava vendo o passado daquela senhora, como espíritos de um grau elevado costumam fazer:

- E o que dizer de uma moça, solteira, que engravida de um homem casado e comete o aborto, dona Alba, negando assim a um inocente a chance de vir ao mundo?

A mulher empalideceu e disse:

- Com certeza a mulher teve seus motivos, se era moça e solteira, e foi seduzida por um canalha. O fruto de uma sedução dessas seria um monstro, não poderia mesmo vingar!

Olívia olhou para ela de forma mais dura:

- E o que dizer de uma filha solteira, cuja mãe já idosa dependia de seus cuidados, viúva e com boa situação financeira, e essa filha, aos poucos, tirou da velha senhora o contato com os outros filhos para assim poder usufruir do patrimônio da mãe?

- Cuidei muito bem dela. Se gastei foi com os médicos e os remédios.

Olívia sorriu de forma triste:

- Não há espaço aqui para mentiras, dona Alba. Sua mãe teve a vida abreviada, seus irmãos ficaram sem a herança devida, e a senhora, depois da morte dela, mudou-se para outra cidade com o patrimônio espoliado. Mas, não durou muito, não é? O destino prega peças, não é mesmo?

Ela sentou-se numa pedra, e dessa vez chorava sua desventura. Chorava por ela mesma, e não pelo mal que tinha feito a quem quer que fosse:

– Gostei tanto dele! Como pôde fazer aquilo comigo? Sufocar-me daquele jeito!

Olívia sacudiu a cabeça desaprovando:

– Seu amante mais novo teve com a senhora mais consideração do que a senhora teve com a sua mãe, que morreu aos poucos de inanição e falta de cuidados. Sua morte foi rápida e quase indolor, e com o mesmo intuito de gerar dinheiro. Pense nisso, se arrependa, ore a Deus, que nenhum castigo dura para sempre. E, principalmente, pare de julgar os outros de forma tão dura.

Tomás, que tudo ouvia, ficou bastante abismado com os pecados de sua torturadora mais frequente. Usando um pouco da água limpa do riacho, limpou o rosto e os cabelos como pôde, e olhou duramente para Alba, que ainda chorava irritada:

– Com que então uma assassina e ladra da própria família vem me julgando durante todo esse tempo? É moralista, não é mesmo? Amante de homem casado, com um aborto nas costas! E se passava por uma pérola da virtude em nossa cidade...

Olhei para ele como que procurando o rapaz humilde que antes aguentava todos os insultos calado... Mas o rosto bonito e jovem do moreno rapaz estava transtornado pelo ódio, e ele continuou:

– Enquanto eu estava vivo, lembro-me bem de você, sua hipócrita! Sempre a tecer comentários maldosos sobre qualquer um que se destacasse, a inveja personificada. Mas esses seus segredinhos... quem diria, hein?

Alba olhou para ele com os olhos faiscando de fúria:

– Não pense que tem o direito de dirigir-se a mim: nunca me deitei com o meu próprio sexo, nem terminei com a minha própria vida! Fui enterrada em solo santo, ao contrário de ti.

Ele riu-se com desprezo:

– E a enterrariam em solo santo se soubessem do seu aborto? Da tortura que você impôs à sua mãe, por tanto tempo? Os homens podem ser cegos, mulher, mas olhe em volta: cá estamos nós, presos no mesmo inferno! Eu por seguir a minha natureza, e você, pelos seus crimes!

Pasmo com tanto ódio destilado, olhei para Clara e Olívia, como a perguntar se deveríamos ficar ali. Clara se manifestou, perguntando em alto e bom som:

– Não pensam em perdoar-se, em chamar pelo Criador e se arrependerem do mal praticado às suas vítimas?

Tomás nos olhou com desprezo:

– Criador? Deus? Ele deve odiar-me muito, ou eu não teria nascido com os desejos que sempre tive! A morte foi para mim a última alternativa para pôr fim às minhas dores, e eis-me aqui, neste inferno fétido com essa semelhante criatura e outros, dos quais não gosto nem de falar!

Olhando para ele, séria, Clara perguntou:

– Sua vida não ter terminado com a morte do corpo físico não te provou nada? Não conseguiu enxergar que tudo continua, que tudo caminha para uma evolução, ainda que você não queira?

Ele deu de ombros, como se não se importasse:

– Entendi que para certas pessoas o sofrimento deve ser eterno e que sempre há de piorar. Mas ao menos agora, depois de vocês aqui, eu também aprendi que os outros também têm seus crimes, que podem ser até bem piores que os meus, e que não devo permitir que me agridam dessa forma.

Olhando para ele, com seriedade, Olívia disse:

– A visão de pecado que cada ser humano tem, é única. Às vezes o que tem muita importância para um, não tem assim tanta importância para outro e muda de época para época na humanidade, dependendo também dos costumes de cada povo e do seu desenvolvimento espiritual.

Tomás a olhava meio espantado, como se perguntasse como menina tão nova pudesse discutir questões tão filosóficas. Ela sorriu e continuou:

– Isso é fácil de se explicar. Se o senhor, por exemplo, tivesse nascido no ano duzentos depois de Cristo, em pleno Império Romano, seu comportamento de ser casado, e ainda assim ter vínculos afetivos com outro homem seria tolerado. Era um costume da época. O costume de sua época era discriminar duramente... e quem cria os costumes são os homens, e não Deus.

Ele a olhou bastante surpreso. Ela continuou:

– Entre algumas religiões, o senhor poderia sofrer pena de morte. Na Índia, desde que escolhesse um lado, seria aceito, e ainda por outras religiões, seria tolerado desde que fosse discreto. Enfim, depende muito da cultura existente, dos homens, da época e dos costumes. Não há, nem nunca houve, uma ideia única universal.

Tomás a olhou com respeito, pois ela lhe dizia coisas que ele nunca tinha pensado antes. Só então disse:

- As pessoas dizem que fazemos isso por falta de vergonha, aberração, caráter fraco. Mas esses impulsos nasceram comigo! Que culpa tem um ser humano de sentir de forma diferente?

A resposta de Olívia veio rápida:

- É claro que a promiscuidade existe, Tomás, mas você realmente nasceu assim, como a maioria das pessoas com essa sua característica. E a promiscuidade também existe entre os homens e mulheres ditos "normais". Quando se vem num determinado corpo, é porque se tem algo a aprender com ele... Tenha pena dos preconceituosos, dos que atacam e julgam... A Deus pertence o destino deles!

Ela aproximou-se dele, com o brilho azulado que transmitia uma paz profunda inundando o ambiente, e ele perguntou:

- Então, como devo entender o "pecado"?

Ela sorriu:

- Como algo que prejudica, atrasa, produz malefício a nós mesmos ou a alguém. Você se prejudicou muito quando tirou sua própria vida em pleno vigor da idade, mas isso não quer dizer que tenha tentado prejudicar alguém, além de você mesmo. Quem se pune diariamente aqui, nessa lama, é a sua falta de fé, e não Deus. Ele lhe espera pacientemente, pois sabe que você tem todo o tempo do mundo para chamar por Ele. Sua maior prisão é o seu orgulho, de quem acha que não tem mais nada a aprender. O aprendizado, Tomás, não termina nunca. É como a sua vida, eterna. Sua vaidade tem sido a sua sina.

Sentindo a paz que emanava da menina, ele fechou os olhos e deu um profundo suspiro. Pensei comigo mesmo: há quanto tempo aquele rapaz não tinha um momento como aquele? Olhei Clara e vi seus olhos marejarem também, até que ouvimos Alba, de quem tínhamos até nos esquecido, embevecidos com os ensinamentos de Olívia ao pobre rapaz:

– Então é assim, um pecador deste tem redenção? Tem lugar para "esses tipos" no paraíso?

Ela deu uma risada maldosa, levantando-se para ir embora:

– São demônios para lhe levar para o inferno, Tomás! Eu sabia que um dia eles viriam, cheios de fala mansa, para poderem lhe levar de forma mais fácil. Eu que não fico aqui... vai que me seduzem também! Purgatório eu aguento, que não fui nenhuma santa mesmo... Mas inferno? Eu não!

E afastou-se. Ao ouvir as palavras dela, depois de mais de um século de tortura, Tomás franziu o cenho, e se afastou de nós, agarrado em seu manto esfarrapado. Pensei no poder da inveja e do medo, quando vi Clara se ajoelhar e fazer fervorosa oração na intenção do espírito de Tomás, para que ele não esmorecesse, nem se esquecesse da sensação de paz que tinha experimentado.

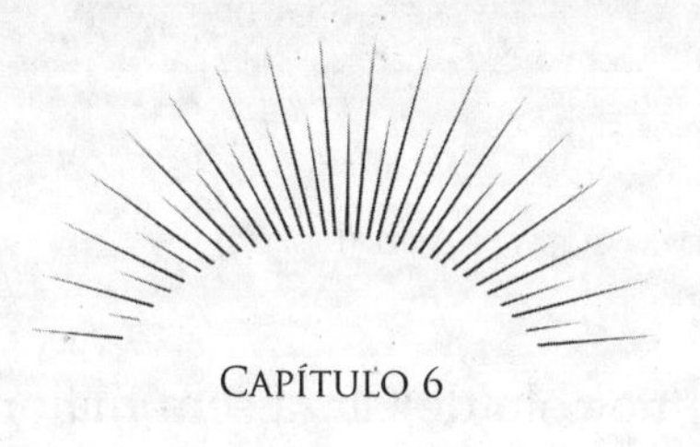

Capítulo 6

Quem não aprende pelo amor...

Decidimos seguir em frente, pois ainda havia tantos a serem vistos, e eu não fazia ideia do tempo que ficaríamos naquela região, onde o anoitecer já se avizinhava. Um tanto cansada pela energia do local, Clara sugeriu que nos sentássemos num velho tronco de árvore caído e Olívia baixou finalmente seu campo energético, ficando como um de nós.

Observei a menina, que se abrigava agora em um manto cinza claro, e parecia querer dormir, como qualquer outra menina de sua aparência faria. Mais acostumado com o umbral, fiz com o abrigo cinzento dela uma "cama" entre as folhas secas do chão, perto de Clara, e ela sentou-se nele.

– Não gosto nada daqui – disse ela. – Me consome muito, acabo precisando dormir um pouco!

Deitou-se no colo de Clara sem maiores cerimônias, e no segundo seguinte, estava já em sono profundo. Eu, que em longos anos nunca a tinha visto dormir (um fato por aqui conhecido: quanto mais evoluído o espírito, menos ele dorme), agora observava encantado o rostinho bonito perdido no meio daqueles cachos todos. Clara riu-se da falta de acanhamento dela:

– Veja se isso não é um presente de Deus, Ariel! Um anjinho desses deitado no meu colo! Repare na delicadeza dos traços dela.

Tive que concordar, olhando-a de perto como nunca antes tinha tido a chance de observar, os traços realmente tinham uma harmonia difícil de ser descrita. Os olhos imensos, as pestanas castanhas e longas, o narizinho pequeno e afilado, a boquinha em formato de rosa, que em nada denotava sensualidade, mas inocência, a pele clara, os cabelos castanhos com algumas mechas coloridas pelos raios de sol. As sobrancelhas eram em forma de arco e acompanhavam os olhos com perfeição, tirando-lhe um pouco do ar da infância, e por fim, as pequenas flores nos cabelos, que brilhavam conforme ela se movimentava, num brilho translúcido, nos cabelos que iam até o meio das costas, cacheados e bastos, não tendo necessidade assim de nenhum outro enfeite ou adereço.

– Ela emana paz – disse eu. – Que vidas terá vivido na Terra?

Clara sorriu:

– Não faço ideia, mas com certeza, deve fazer alguns séculos que não reencarna por lá. Conhece algum ser mais alegre?

Lembrando de algumas situações que tinha passado com ela, mesmo no ambiente do umbral, às vezes pesado e sujo, tive que rir:

- Não... Nenhum mais alegre, nem que me deixasse mais atônito. Aprendo muito com ela, na simplicidade de sua fé, na grandeza dos atos. A aparência de criança engana muito, mas com ela eu sinto que *quanto mais perto de Deus estamos, mais felizes nos tornamos.*

Clara cobriu melhor a menina, e encostou-se no tronco, parecendo também cansada. Disse a ela que dormisse um pouco, que eu vigiaria para que nenhum malfeitor se aproximasse. Protegidos contra o frio, observei minhas duas amigas aconchegadas uma a outra e sorri, pensando em Estefânia, e na incrível natureza feminina: lá estava Clara tratando Olívia como se fosse o mais precioso dos bebês, da mesma forma que minha mulher fazia com todas as crianças que chegavam até ela.

Ouvi ao longe gritos e lamentos vindos dos habitantes da área, e pensei na vocação de alguns seres humanos para permanecer no mal... será que Tomás, mesmo depois de sentir a paz que Olívia emanava não teria absorvido o poder das suas palavras? Quanto tempo mais dona Alba continuaria com seus pensamentos pequenos e orgulhosos?

É certo que muitos reencarnam, a bem dizer, a maioria deles, sem sequer conhecer a Colônia. Partem do umbral ligados a novos corpos, escolhidos por mentores que os unem a antigas dívidas, afetos e desafetos para assim quitarem dívidas, terem um novo aprendizado, e irem evoluindo numa busca de menor sofrimento, maiores valores morais, e até mesmo um maior entendimento das famosas leis do retorno, que eles tanto negam, mas a que estão sujeitos.

Fiz uma prece, pois, uma grande tristeza tomou conta de mim por conta do ambiente, do esforço que faziam aquelas almas para negar o próprio sofrimento que era atroz. Pessoas como dona Alba, que eram tidas como "boas cidadãs" quando encarnadas, e que passaram a vida aprisionadas em sentimentos pequenos como prejudicar outras pessoas, tirar vantagem do sofrimento alheio, sem desenvolver nenhum sentimento de empatia ou afeto verdadeiros. Trancados por muros de egoísmo intenso, como acordavam essas pessoas todos os dias? Quais eram suas preocupações verdadeiras?

Pensei no inferno da eterna vigilância de observar o que o semelhante tinha, e que elas mesmas não tinham, da tortura que era planejar a ruína alheia em detalhes, e se frustrar quando isso não acontecia. Do medo da própria incompetência, de ter que manter as mentiras a todo custo e tive pena. Toda uma existência dedicada ao sofrimento, sem afeto, sem paz e sem solidariedade.

E ali estávamos nós entre eles. Sabiam-nos diferentes, não gostavam de nós (e de quem gostavam realmente?), mas não nos atacavam. A maior parte deles sabia que alguns seriam resgatados, e outros ainda passariam pela reencarnação, e só interferiam quando era alguém realmente próximo, por quem nutriam um ódio especial. Tinham também determinados temores gerados pela superstição, e quando viam alguma entidade de luz muito forte, como a que Olívia emanava, afastavam-se naturalmente. Preciso é que se diga que os espíritos que tentam resgatar os irmãos que pedem por ajuda no umbral, são frequentemente instruídos de como se comportar por lá, e de como voltar para casa. Como já disse antes: não é um trabalho fácil.

Com a minha oração, chegou um pouco de paz no meu coração, e ao terminá-la pude ouvir uma voz cristalina ao meu ouvido:

– Tenha calma, Ariel. A tristeza é normal, a solidão por aqui é uma constante, embora eles a neguem e você a sinta. Mas, não é uma tristeza sua, pertence a eles.

Sentei-me para continuar a ouvir a voz que falava comigo tão carinhosamente:

– Esqueceu-se? Quem não aprender pelo amor, aprenderá pela dor! Mas todos nós aprendemos, no fim! Tenha paciência, meu bom amigo. Pense no Cristo, de sabedoria tão elevada, que deve ter achado de nós, tão mesquinhos em pequenas coisas, tão limitados em nossos sentimentos? Quanto maior um homem se torna, mais paciência ele tem, porque maior é o seu entendimento das leis de Deus! Tudo tem seu tempo.

Respirei fundo, pois era verdade. Se Cristo fosse impaciente, que teria sido de nós? Quem eu era, cheio de pequenos e grandes erros para ficar julgando quem quer que fosse? A voz continuou em meu auxílio:

– Muitas vezes, a gente joga um grão e parece que a terra está seca, mas logo depois cai uma chuva e o grão floresce. Continue tentando ajudar! Não cobre resultados imediatos, cada qual tem o seu tempo. A maldade é traiçoeira, mas é tola! Conhece algum ser que, sendo um tipo mau, esteja feliz? Temporariamente satisfeito, talvez, mas a insatisfação volta no dia seguinte com toda sua fúria.

– E eles não notam isso? – perguntei.

– Um dia, quando chegam ao fundo do poço, numa doença ou na perda dos bens conseguidos de forma desonesta, a verdade aparece. Alguns, mais conscientes, começam a refletir com a solidão que plantaram, outros ainda se iludem por medo da consequência dos seus atos. Oremos por eles, meu amigo, vítimas da própria vaidade, e lembremo-nos que em vidas passadas também erramos. Evitemos o julgamento do próximo.

Pensativo com toda aquela explanação, não pude deixar de dar um sorriso triste. Ainda me irritava com a injustiça e a hipocrisia alheia, tinha sido assim durante toda a minha vida terrena, quando no Brasil Imperial lutei contra a escravatura e por outras causas. Nascido branco e filho de comerciantes abastados, nem por isso tinha me deixado seduzir por riquezas vãs, e junto com Estefânia tínhamos tido os dois uma boa vida de combate, como advogado e jornalista, tentando sempre ajudar aos sem recursos. Mas ficar calado nunca tinha sido uma de minhas qualidades. Ao contrário, um tanto orgulhoso demais, às vezes metia-me em discussões que podiam ser evitadas, e me enfurecia vendo pessoas de má índole sempre a "levar alguma vantagem" dos menos favorecidos ou ingênuos.

Olhei para Clara e Olívia deitadas a poucos passos de mim, iluminadas pela pequena fogueira que eu tinha feito. Clara adormeceu sentada, confortavelmente amparada por um tronco de árvore caído e a cabecinha de Olívia estava virada de encontro ao seu ventre. Pareciam ter o sono tranquilo dos anjos, mas eu, que perscrutava ao longe alguns sons que pareciam de festejos pagãos e alguns gemidos, não me sentia nada confortável de fechar os olhos. Pensei em minhas companheiras ali tão frágeis. Foi quando ouvi uma deliciosa risadinha, que deduzi ser de Olívia, que virou a cabecinha, e com aqueles olhos esverdeados, à luz da fogueira, pôs-se a me olhar.

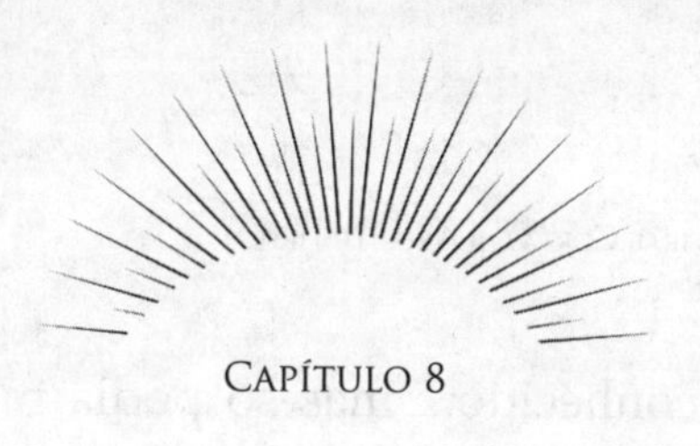

Capítulo 8

A freira e o "anjo"

Sentada agora no abrigo acinzentado, ela me perguntou:

– Acha mesmo que precisamos de proteção por conta de nossa aparência frágil, meu bom Ariel?

Sabedor desde muito dessa leitura de pensamentos, comum no mundo espiritual entre espíritos mais desenvolvidos, não podia deixar de me surpreender com Olívia, que não só lia pensamentos, mas devassava-nos a alma. Respondi com sinceridade:

– Coisas de homens do meu tempo, linda menina. Bem sei que aqui, no mundo espiritual, as coisas são bem diferentes, e que nem tudo é como parece.

Ela sorriu de volta:

– Pois eu gosto muito que pense assim! Há tanto tempo não vejo esses sentimentos... e a conversa com Serafim, foi boa? Acalmou os seus pensamentos?

Conversa com Serafim? Então era dele a voz? Ainda

não tinha reconhecido... mas só podia mesmo ter sido meu bom amigo e mentor, que ao me ver triste, tinha conversado comigo daquela forma! Disse a ela:

– Melhor impossível. O ambiente aqui não lhe afeta, Olívia? Não lhe deixa amargurada?

Flutuando como de costume, ela olhava em volta, para depois me responder:

– Amargurada não, pois tenho os meus segredinhos. Daqui a pouco amanhecerá e vocês terão de alimentar-se. Veja se acha por perto alguma vasilha limpa e me traz um pouco de água daquele córrego ali.

Vasilha? Havia algumas cabanas paupérrimas ao longe, e no córrego tudo era um lodo só. Ter achado um lugar mais ou menos seco para passar a noite já tinha sido uma sorte, e as folhas secas servindo de cama, outro alento, mas não tinha como achar alguma vasilha por ali. Ainda assim, meio duro de frio, pus-me a procurar, afastando folhas, na beira do córrego, chutando galhos secos, afastando pequenos lagartos que pareciam fazer parte da fauna do lugar. Pensei na bondade de Deus para com todas as Suas criaturas, que mesmo em lugares ermos como aqueles, fazia com que vegetações brotassem e pequenos seres ainda existissem. Foi então que, finalmente, avistei um pequeno pote de argila, já com as beiradas meio carcomidas pelo tempo, mas com o fundo bem conservado, quase à beira do córrego.

Feliz da vida e sem me preocupar com o frio, peguei o grosseiro pote, no qual cabia quase um litro de água, e me encaminhei para dentro do lodoso córrego para lavá-lo, pensando que não adiantaria muito, quando, veja que surpresa: por baixo de fina camada de lodo, estava a água mais pura e limpa que eu já tinha visto!

Molhado até os joelhos, tiritando de frio, mas feliz como um menino, voltei até Olívia com o que considerava uma missão impossível realizada, ao que ela, vendo o pote cheio de água limpa, e eu bastante molhado, comentou:

– Água bem limpa, que bom, vai ficar ótimo! Mas se molhou todo... cubra-se perto da fogueira e descanse um pouco, Ariel.

Conformado, fiz o que ela me disse, e observei quando ela colocou as duas mãos sobre o pote e fez cair sobre ele, concentrando-se de olhos fechados, pequenas partículas de luz dourada e prateada. Em seguida veio até mim, dizendo:

– Ande, beba um pouco que está precisando. Depois feche os olhos por cinco minutos que será como se tivesse dormido a noite inteira.

Olhei a água do pote, que parecia comum, embora um pouco mais brilhante e tomei alguns goles. Que gosto incrível aquela água tinha! Parecia revitalizar todo o meu corpo, passando o frio, o cansaço, qualquer energia negativa com que o ambiente tivesse me contagiado. Em seguida me deu um sono de criança, desses irresistíveis, e a última coisa que eu vi foi Olívia dando da mesma água a Clara, que virou-se para o outro lado e dormiu também.

Ela me disse que acordei pouco tempo depois, mas para mim parecia que horas tinham se passado. Olhei o sol no céu e verifiquei que tinham sido apenas poucos minutos, como ela mesma tinha dito. Mas que descansado eu estava! Além disso estava alegre, fortalecido!

Olhei para Clara que estava até um pouco corada, naquele sol de mormaço do umbral, com os cabelos castanhos brilhantes, e a boquinha rosada. Ela me sorriu e disse:

– Tomou da água dela também, foi?

Fiz que sim com a cabeça, observando a menina que já olhava ao longe tentando identificar aonde iríamos naquele dia que se iniciava. Vendo-nos bem-dispostos, ela se encaminhou para nós, brincalhona:

– Viram? Ainda por cima sou boa cozinheira!

Sorri ao me lembrar da comida quando ainda estava encarnado, era um "bom garfo", então. Mas a "água fluidificada" de Olívia tinha me trazido um bem-estar e uma saciedade como nunca tinha experimentado antes. Agradeci, junto com Clara:

– Fique à vontade para repetir quando quiser, nunca me senti tão bem!

– É verdade... – disse Clara. – Nana que não escute, já que me alimenta desde sempre, mas nunca tomei nada parecido! Que colocou lá?

Ela riu-se:

– Amor, coragem e boa vontade. Não é o que andamos precisando todos?

Dei um suspiro fundo, olhando para o vale no momento em que o sol fazia-se já um pouco mais alto. Para onde iríamos? Ao menos eu sabia que fugiríamos dos ajuntamentos de espíritos, que esses sim, me deixavam bem mal com sua energia confusa. Buscar os solitários, que estavam sós ou em dois ou três no máximo... entre esses acharíamos os nossos irmãos suicidas.

Amava minha amiga Clara; mas ainda não conseguia me conformar em tentar achar um homem que não tinha fé! Olhei para ela meio cismado, mas meu coração se abrandou de imediato ao vê-la de semblante leve, brincando com Olívia, perguntando se levava a vasilha de argila ou não, já que não tínhamos nenhum outro vasilhame.

– Dê para Ariel que ele leva. Afinal de contas, é o homem da equipe, não é?

Olhei para a pobre vasilha desbeiçada, mas, ao lembrar-me da água milagrosa, adiantei-me e a coloquei num saco de viagem improvisado. Sabe-se lá se eu acharia outra. Ao menos aquela estava bem limpa, o que naquela parte do umbral era coisa rara. Olívia olhava para o ar como que sondando o vento, quando decidiu e disse:

– Vamos por aqui, a trilha é mais limpa e o solo um pouco menos lodoso. Também há menos "ajuntamento" de gente, o que nos poupa de percalços. Esse dia me parece que vai ser tão escuro quanto o de ontem.

Assim fomos seguindo por uma trilha de mato meio seco e batido, ouvindo vozes mais ou menos ao longe. Notei que Clara, que no início se assustava mais com os ruídos, tinha se acostumado um pouco, e já ia caminhando mais firme. Olívia não usava o seu brilho azul, e embora continuasse não encostando no terreno, flutuando constantemente, dela vinha agora apenas um brilho mais suave. Perguntei-me se ela não usaria mais aquela energia intensa, se estava com algum problema. Ela me respondeu em voz alta:

– Se não encosto no solo, é para minha proteção. A luz azul, como você chama, continua comigo, mas agora não é necessária. Esse "brilho" meu, é natural por aqui, onde tudo é tão opaco. Vocês também brilham, só que você não está notando!

Clara me olhou com um sorriso e uma interrogação:

– Não nota nosso próprio brilho, Ariel? Não é tão forte como o dela, mas está aqui. Você brilha também, meu amigo!

De fato, em volta dos cabelos lisos e castanhos de minha amiga, pude ver a luminosidade se achegando, em tom de lilás claro e prata. Bem mais leve do que em Olívia, mas ali estava. Pensei que comigo devia ocorrer o mesmo e lembrei-me das vezes sem conta que tínhamos ido ao umbral. Quase sempre os seres que por lá estavam, tinham se afastado, para que pudéssemos socorrer aos que pediam por ajuda. Eles viam o brilho também.

Estava eu nessas divagações quando senti em meu peito indizível sentimento de angústia, e olhei imediatamente para o lado esquerdo, procurando, entre algumas árvores meio secas (o terreno ali já era bem seco), uma ou outra pequena clareira, uma pessoa ou mais de uma por ali. Ouvi um som de choro baixo e me encaminhei imediatamente para lá, acompanhado de Olívia e Clara, parando quando vi, a poucos passos de mim, um hábito negro de freira em uma mulher de seus aparentes cinquenta anos, que estava sentada em uma pedra grande, e com uma vara fina de madeira fazia desenhos no chão de terra batida.

Um tanto afastada dela, dentro do mesmo córrego, que aqui não tinha lodo, por ser o clima mais seco, vi uma mulher dos seus vinte e poucos anos, cabelos curtos, cortados de forma irregular. A camisola era larga e disforme, de algodão grosseiro, longa e cheia de pregas. Tão espessa que não ficava transparente com a água, e ela esfregava-se frequentemente com a areia do fundo do rio, como se quisesse arrancar a própria pele.

Era dela o choro de desespero, da jovem de dentro do rio!

Olhei para Clara, minha companheira de trabalho... Estávamos ali para achar Fabrício e levá-lo para a mãe dele, mas a angústia da moça perante a freira era palpável, e cortava o coração! Não poderíamos tentar ajudar ao menos um pouco? Afinal, era uma religiosa, quem sabe conseguiríamos, junto com ela, ajudar a moça tão desesperada?

Clara me sorriu com aprovação:

– É justo o que eu ia lhe pedir, meu bondoso amigo! Sentiu o desespero também? Talvez possamos ajudar, já que estamos aqui... podemos ir, não podemos, Olívia?

A menina olhava as duas praticamente sem expressão, ora observando a freira, ou a moça, com relativa preocupação, mas respondeu:

– É válida a preocupação de vocês, já que ali se desenha de fato um quadro de imenso sofrimento. Mas independente da senhora ser uma religiosa, não ouvi dela sequer uma oração, ou uma tentativa de ajudar a moça. Vocês têm livre-arbítrio, e qualquer tentativa de ajuda ao próximo é bem-vinda aos olhos do Criador.

Senti que a situação podia ser muito mais grave do que intuíamos, mas, já que estávamos ali e a freira nos parecia apática, mas não perigosa, resolvemos nos aproximar e chegando perto dela, a mesma apressou-se em apagar um desenho que estava fazendo no chão de terra. Olhou-me com uns olhos castanhos um tanto amarelados, cercados de pequenas rugas, debaixo de umas sobrancelhas um tanto sem forma, ainda bem negras. O resto do rosto era comum, ainda que com uma pele maltratada pelo tempo. Não devia ter sido uma moça feia, possivelmente, se tivesse tido um trato adequado, podia até mesmo ter feito relativo sucesso pelos salões da época.

Tinha uma força diferente nos olhos, que de início pareciam comuns, uma inteligência acima da média, uma esperteza e rapidez de raciocínio bem distintas. Notou imediatamente que eu não pertencia ao lugar, ainda assim, ergueu o queixo e me disse:

– Que quer por aqui, senhor? Atendendo a algum chamado? Daqui não foi... nunca chamamos ninguém.

Ela já devia estar no umbral há algum tempo... já tinha visto alguns irmãos agindo em socorro de arrependidos. Perguntei:

– Está aqui há muito tempo, irmã?

– Adoeci gravemente em 1935, depois de trabalhar toda uma vida no convento... acredita que nem dinheiro para o remédio eles tinham? Definhei até a morte, e depois, vim para cá. Bordei tanta roupa de cama cara, fiz tanto lençol, roupinhas, me acabei em cima de costuras e bordados toda a minha infância! E no final não tinham sequer dinheiro para um remédio comum... e se diziam cristãos! Um ninho de cobras, isso é que eles eram!

Entristeci-me com a história dela. Sabia realmente de algumas famílias muito pobres, que sem poder criar as filhas as entregavam ao convento em tenra idade para que pudessem sobreviver. Algumas já tinham me dito que a vida, às vezes, por trás dos muros, podia ser bem dura em alguns casos. Clara aproximou-se dela, bondosa como sempre:

– Sinto muito por tudo que a senhora passou. Deve ter sido muito duro... como se chama a senhora?

A mulher olhou Clara desconfiada, mas logo simpatizou com ela. Deu-lhe um sorriso com os dentes muito amarelos:

– Irmã Lourdes. Era assim que me chamavam lá.

– E a senhora costurou até sua morte? – perguntou Clara.

A mulher riu-se, como se Clara fosse a maior das ingênuas:

– Claro que não, sua tola! Só as que não têm ambição nenhuma terminam sua vida encurvadas, em cima de uma costura! Eu estudei, soube conseguir meus objetivos! Aos poucos fui subindo no convento e quando morri, já tinha sido a responsável por mais de oitenta noviças e a sua educação e moral!

Ao ouvir aquilo, nos entreolhamos, mas ela continuou:

– E não pense que isso é coisa simples! Essas meninas já chegavam lá com pensamentos imundos, cheias de pecados! Só Deus sabe o que tive que fazer para que andassem direito! Está vendo aquela lá? É Eulália! Nem todos os banhos do mundo vão tirar os pecados dela e fazer com que fique pura novamente.

Com assombro total, eu e Clara olhamos para a pobre moça, que aos prantos se banhava e se esfregava com areia, dentro do córrego. Pecado? Sujeira? Lavando-se na água do córrego, sem parar? Que tipo de loucura era essa, que fazia com que a moça, de claros cabelos cortados curtos e de quem nós não víamos a face, já que ela não ousava nos encarar, se lavasse para "tirar seus pecados"?

Ficamos sem entender como funcionaria tão insano castigo, quando Clara perguntou em voz alta, para que a moça ouvisse:

– Não seria melhor, irmã Lourdes, que ela parasse com essa tortura e viesse aqui, rezar conosco, pedindo perdão por qualquer crime que tenha cometido? Mesmo porque aqui é frio, ela deve sofrer com o clima...

A moça cessou de se esfregar, como se prestasse atenção à voz de Clara, e eu vi a freira, que antes se portava com certa civilidade, ficar de pé numa rapidez de raio e nos encarar com raiva:

– Perdão? Sabe o que fez aquela ali? Não sabe, não é? Ela fez o imperdoável... é uma suicida! Pagará pela eternidade o crime de ter sacrificado a sua vida!

Disse isso com tanto ódio que a moça no córrego se encolheu, junto com Clara, que não esperava aquele "vozeirão" vindo de uma freira, ainda mais com uma voz tão cravada de puro ódio. Mas, se ela achava que minha amiga se encolheria, não a conhecia ainda. Clara era doce, mas não era tola, e logo perguntou a ela, num tom de voz educado, mas firme:

– Em que parte do Evangelho, senhora, Jesus disse que qualquer pecador jamais seria perdoado? Em que livro citou que os suicidas seriam condenados ao tormento do inferno sem descanso, sem nenhuma chance de redenção?

A freira parou e ficou a olhar as vestes claras de minha amiga, cobertas pelo grosso manto cinza claro, e a luz que dela emanava, diferente de todos do umbral. Olhou depois para mim, perto de Clara, que apenas presenciava a cena, calado e não muito surpreso com a resposta dela, pois sabia que ela devia conhecer suficientemente bem os evangelhos, e amava o mestre Jesus acima de tudo. A freira, ao que parece, não dispunha assim de tanto conhecimento:

– Em minha época não tínhamos tanta liberdade assim com os livros sagrados, mas os padres sempre nos ensinaram sobre os pecados mortais e a desgraça de um suicida! Acha que um homem de Deus nos ensinaria errado? Nem em terreno sagrado podiam ser enterrados! Um assassino podia... Mas suicidas, esses não! Todo mundo sabe disso!

Clara continuou, já meio irritada:

– E não lhe ensinaram sobre um Jesus que acolhe os aflitos? Que não julga nem a prostituta nem o coletor de impostos? Que perdoou o ladrão na cruz, assim como os seus malfeitores? Que crime pode ter cometido essa moça para merecer ficar nessa situação, que não mereça ao menos ser ouvida? Somos todos nós sem máculas para poder julgá-la?

Irmã Lourdes tinha a postura reta, numa das mãos ainda a vara com que escrevia no chão de terra seca. Foi quando pude ouvir de seus lábios finos o som do nome da moça, que ela claramente tinha em seu domínio:

– Eulália, venha para fora do rio! Esses viajantes querem saber sua história!

A moça, que estava de costas para nós, um tanto molhada e com frio, baixou a cabeça, colocou os braços de frente aos seios pequenos para cobrir qualquer possível transparência, que de fato não havia, já que o pano era suficientemente grosso e cheio de pregas, e de cabeça ainda bem baixa, postou-se ao lado da freira. Esta, por sua vez, disse-lhe em alto e bom som:

– Olhe para eles! Tantas vezes em sua vida foi despudorada! Trate de olhá-los, que eles não pertencem a este lugar.

O corpo da moça era esguio, comum, de uma mulher nos seus 20 e poucos anos na Terra. Poderia até ter sido bonito não estivesse tão vermelho por conta dela se esfregar constantemente e ter algumas pequenas feridas nos braços. Mas quando ela ergueu para nós o rosto, de pele perfeita, olhos verdes cintilantes, traços harmoniosos, vi um dos rostos mais bonitos que já tinha visto. Os lábios pequenos e carnudos estavam um tanto rachados pelo frio, mas ainda assim, parecia o rosto de uma santa! A freira riu-se de nossa expressão:

– Parece um anjo, não é? Quando chegou ao convento tinha treze anos, e todos nós pensamos o mesmo. Chegou trazida pela família, que era pobre, e que a tinha quase como uma maldição. Naquela idade já chamava uma atenção desmedida, e os pais acharam melhor trazê-la para servir a Deus. "Ficando escondida no convento vai causar menos confusão", disse o pai dela.

Eulália ouvia tudo sem nada dizer, como se a história fosse com outra pessoa e não com ela. Preocupada apenas em secar-se um pouco ao sol de mormaço, os cabelos louros e mal cortados adquirindo uma luz única, brilhantes.

– Ficar longe de encrencas... Certas pessoas trazem consigo o mal, e essa menina era assim! Nossa madre superiora já tinha então seus sessenta anos, não enxergava muito bem, mas ao ver a mocinha que vinha tão malfalada da Vila, que tinha seduzido inclusive homens casados, achou que era maledicência do povo. Que uma menina tão nova não teria tanta malícia e que, provavelmente, tinha sido vítima da inveja alheia.

– E ela não se comportava bem? – perguntou Clara.

– Mais parecia um bicho assustado. Tinha escapado de boas surras das mulheres da Vila, mas antes que ficasse preguiçosa, eu a coloquei na limpeza do convento e devo dizer que, sem homens por perto, ela se comportou até bem.

Pela primeira vez ouvi a voz de Eulália, num tom baixo, ainda medroso:

– A vida no convento, nos primeiros anos, não era ruim. Tinha muito trabalho, mas eu logo fiz amigas. E ninguém me perturbou como estava acontecendo na Vila. Fiquei feliz de estar por lá... a comida era pouca, mas não se passava fome.

Pensei na infância dura que devia ter tido, não era

raro que entre pequenos agricultores, em anos de grandes secas, as famílias realmente passassem necessidades extremas. E uma menina bonita como aquela, numa Vila pequena, deve ter realmente chamado muita atenção e causado muitos ciúmes. Clara aproximou-se de Eulália, que agora já a olhava timidamente:

– Não me parece má pessoa, Eulália... que houve contigo? Por que o suicídio?

As lágrimas surgiram abundantes nos olhos da moça, e a freira riu-se:

– Não lhe parece má? Ela ainda tem esse dom de iludir? Achava que aqui seriam menos tolos... Provocar suicídio, não é grave? Enganar não é crime? E mentir deslavadamente para encobrir seus próprios pecados? Por conta dessa criatura muitas vidas foram modificadas!

Eulália tampava o rosto com as mãos, e, apesar das acusações, eu não conseguia deixar de ter piedade por ela. Só então disse à freira:

– Pois então nos diga, irmã: que crimes hediondos cometeu essa moça que a levaram ao suicídio?

– Não sei se a levaram ao suicídio. Poderia ter optado por outro caminho, que sempre há outra escolha... Mas vou lhe contar o que há por trás de semelhante criatura, cujo rosto parece o de um anjo!

A moça virou o rosto para o outro lado, como se não quisesse ouvir o que a freira fosse nos contar. Procurando Olívia com os olhos, a vi a uns quinze passos de distância, parecendo sentada num dos galhos grossos e secos de imensa árvore, observando-nos de cima, numa expressão séria e que de maneira nenhuma demonstrava cansaço. Apenas a esperar o que seria dito, mas como se soubesse já de todo o acontecido... a freira estava erguida e começou sua história, feliz de ter quem a escutasse:

- Eulália, se de início não reclamava do trabalho de limpeza do convento, depois de alguns meses, no entanto, começou a querer sair dele. Era analfabeta, o que no ano de 1918 era muito comum, principalmente entre famílias campesinas, raro aliás, era quem tivesse leitura... mas tantos sorrisos deu para nossa madre superiora que ela logo permitiu que ela tivesse aulas de alfabetização junto com as moças pagantes, ainda que continuasse na limpeza nas horas vagas. Por conta da aparência dela, a madre a achava uma espécie de anjo que tinha sofrido muitas desventuras, e passou a protegê-la. Ao final de dois anos, ela já estava apenas bordando e tendo aulas, como qualquer aluna pagante.

- E que mal havia, que ela fosse bem tratada pela madre, que gostava dela? - perguntou Clara.

- Mal nenhum, se não causasse confusões sempre por onde passava. Na cozinha, por exemplo, começaram a sumir peças de louça da mais cara, que usávamos para receber o bispo quando nos visitava, assim como alguns lotes de biscoitos finos que fazíamos com nata, para venda, muito apreciados pelas senhoras da localidade. Uma negra de nome Virgínia, que trabalhava em nossa cozinha há anos, disse que tinha visto Eulália muito perto dos doces várias vezes. Ela jurou inocência e disse à madre, sua protetora, que devia verificar o quarto de todas as religiosas que ficavam na cozinha. Sabe o que aconteceu, senhora?

Clara negou com a cabeça, já um tanto preocupada. Lourdes respondeu:

– Acharam algumas peças de louça e alguns pacotes de biscoito no quarto da boa Virgínia, que cozinhava para nós há décadas, e que sustentava a família com as hortaliças que trazia do convento que ela mesma plantava. Foi expulsa de lá, porque a madre tinha bom coração e não quis que se chamasse a polícia. Mas eu sei muito bem quem colocou aquelas coisas no quarto dela... não pude provar, mas sei.

Ficamos eu e Clara calados, olhando para Eulália, que agora baixava a cabeça e nada respondia. A madre continuou:

– E não foi só isso: eram pequenas coisas constantes! Pequenos mimos de alunas que sumiam e que apareciam misteriosamente na cama de outras, pequenos comentários maldosos, pequenos presentes que Eulália recebia desta ou daquela menina, que depois aparecia triste pelos caminhos do corredor. E ela sempre com esse jeito angelical, o padre Afonso e a madre sempre a lhe cobrir de elogios. Foi quando veio, por conta de padre Afonso estar já muito velhinho e com problemas na garganta, um padre novo para ajudá-lo nas missas. Eu teria preferido sem dúvida um outro tipo de padre, mais experiente, ao menos... mas mandaram um homem de seus 30 e poucos anos, moreno bem claro, voz forte de barítono, olhar penetrante e um pouco "másculo demais".

Bem, pensei, era a primeira vez que ouvia alguém reclamar por um padre ser "másculo demais". Mas depois entendi o motivo dela, quando notei Clara um tantinho "corada".

– Enquanto padre Afonso beirava já os 70 anos, curvado pela coluna, um tanto cego e afônico, agora me chegava o padre Giácomo, filho de italianos, falando alto, alegre, enérgico, no meio de todas aquelas moças. Ainda por cima era bem apessoado, e eu, nos meus 29 anos, entendi perfeitamente o efeito que ele causaria nas mulheres. Não achei boa ideia que ele tivesse sido designado para lá, e imaginei que, como responsável pelo comportamento das noviças, eu teria que tomar bastante cuidado dali por diante.

– Mas o padre não teria muito contato com as noviças, teria, irmã? – perguntou Clara

Ela riu-se:

– No convento, funcionava mais ou menos assim: acordávamos às cinco horas, fazíamos a nossa higiene, nossas orações e depois seguíamos todos os dias para a missa das seis. Só depois da missa tomávamos o nosso café, que era frugal, para seguirmos com as nossas atividades. Elas também tinham a liberdade de se confessar ao menos uma vez por semana, e as que se sentiam em falta com Deus podiam ir até três vezes por semana. Eram na época oitenta noviças, fora as alunas pagantes, que somavam mais de cem, e que devíamos observar rigidamente também. Tínhamos uma boa equipe de vinte irmãs no total, apenas na área didática, mas, era complicado, e o convento era enorme, cheio de passagens escondidas, como qualquer prédio antigo.

Imaginei que o trabalho por elas feito devia ser mesmo exaustivo, principalmente na moral rígida do início do século XX. Um homem novo e cheio de energia, caso fosse um canalha, poderia causar um desastre.

– E o padre Giácomo realmente pareceu ter sido mandado pelo diabo em pessoa. De início pareceu muito cordato, muito cheio de valores morais, seduziu-me inteiramente e devo confessar que fiquei muito atraída por ele. Ele percebeu? Provavelmente sim, e divertia-se dando-me uma certa esperança e conseguindo que eu lhe fizesse alguns favores quando necessário. Nutri por ele uma paixão desmedida, que me levou a fazer alguns dos atos mais detestáveis de minha vida, atos que custaram a minha alma.

Ela baixou os olhos, triste e abatida. Respirou fundo:

– Que tolas podem ser as mulheres que parecem fortes, curtidas pelo tempo, à prova de qualquer paixão. Eu me julgava assim, já que criada desde a tenra infância no convento, nunca tinha me apaixonado por nenhum homem que estivesse por lá. E olhe que lá iam entregadores dos mercados, verdureiros, o correio, além dos padres e coroinhas. Não achem que um convento é totalmente desprovido de vida masculina, pois não é... perdi a conta do número de freiras que apareciam vergonhosamente grávidas, e só Deus sabe que tipo de atitudes tínhamos que tomar para que a honra do convento ficasse intacta!

Uma dor forte, como um presságio, me apertou o peito, quando perguntei:

– Que tipo de atitude, irmã Lourdes?

Ouvi então estranha risada, e olhei em volta, só então me dando conta de que a risada vinha de Eulália, que ria com amargura, embora fitasse com ódio a irmã, que não abaixou a cabeça, ao contrário, a encarou de queixo erguido. Mesmo quando a bela moça disse:

– Vai contar seus crimes, "santinha"?

A freira a encarou sem o menor medo ou remorso:

– Não cometi crime algum. Agi em nome de nossa comunidade e da Santa Madre Igreja! Não devo nada a ninguém e não tenho culpa da falta de vergonha de algumas noviças!

Eulália ergueu-se:

– Pois se não vai contar, eu conto.

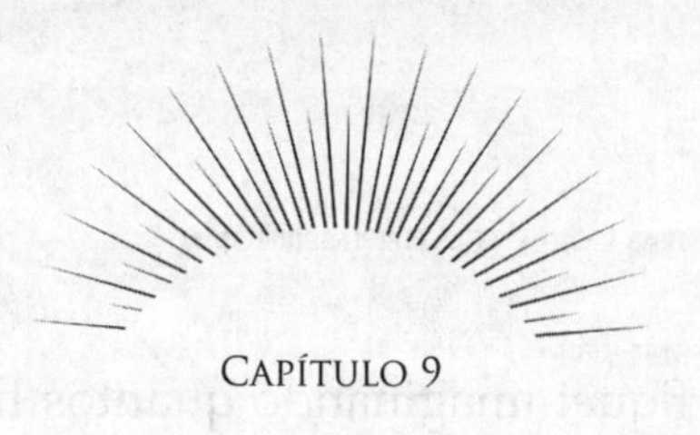

Capítulo 9

Eulália começa sua história

A freira olhava a moça com uma fúria mal contida:

– Então comece pelos seus pecados, que depois veremos os meus!

Eulália então saiu do rio novamente, ergueu a cabeça desta vez, linda moça que ela era, e sentou-se na beira de um tronco caído, como tantos existiam por ali, parecendo destroços de tempestade. Observei Olívia se ajeitando de seu lugar na árvore um tanto desfolhada e alta, como que para assistir a cena, ao que a moça concluiu:

– Pois que seja. Que julguem os senhores quem tem a história mais feia.

O sol de mormaço do umbral iluminava fracamente a paisagem um tanto desoladora e triste. Observei Eulália e sua face perfeita, os olhos grandes e verdes com pestanas escuras, emoldurados pelas sobrancelhas castanhas, e fiquei imaginando quantos homens não se encantariam por ela fora do convento. Ela começou a sua história:

– Morri em 1925, aos 20 anos. E a irmã tem realmente razão, não nasci boa, mas além da beleza tão elogiada, eu era inteligente... e fútil.

Ela suspirou:

– Éramos em sete irmãos, e eu fui a quarta. Casa miserável, gente sem estudo, comida pouca... Que coisa mais triste ser pobre, eu detestava tudo aquilo! Aos onze tornei-me moça e as curvas não tardaram a aparecer, e com elas, os olhares dos homens... de forma rápida tirei vantagem disso, ganhando presentes sem nada dar em troca além de sorrisos e olhares. Fazia-me de meiga, de desprotegida, contava as histórias mais tristes, e por fim, quando um rapaz se matou, após eu dizer que nada queria com ele, a Vila se revoltou, e lá fui eu mandada para o convento. Se senti algo pela morte do rapaz? Claro que não... que culpa eu tinha dele ser tão tolo!

Observei Clara boquiaberta com as palavras que saíam de lábios tão perfeitos e bem desenhados, mas ela continuou.

– No convento, a mesma coisa. Seduzi as alunas pagantes com elogios falsos e com isso ganhei alguns mimos. Se passasse pela cozinha e visse confeitos, roubava alguns, vendia outros, mas nunca roubei nenhum adereço ou louça que fosse. Ainda mais colocar no quarto de outra pessoa! Dinheiro, para mim, sempre foi muito importante: eu nunca tinha tido! Assim que ouvia os passos trôpegos da madre, me punha em posição de orações fervorosas, e ei-la do meu lado em todas as situações! Sempre que pude, deixei a irmã Lourdes praticamente enlouquecida comigo, nunca nos gostamos! Talvez por sermos parecidas em algumas coisas, por eu saber demais, atrair a quem não devia, ela me odiasse tanto...

A esse comentário, pude ver a irmã Lourdes enviando-lhe um olhar enraivecido, mas ela lhe deu uma pequena e triste risada de propósito, e continuou:

– A coisa realmente complicou quando eu tinha quase 16 anos e o padre Giácomo chegou. Alto, forte, voz potente, másculo com aquelas sobrancelhas grossas... eu só tinha conhecido padres muito idosos ou com a voz mais afeminada. Estranhei, sem dúvida, aquele "tipo" de padre. O falatório entre as noviças foi grande, embora feito à meia voz. Tinha eu já visto diversos homens, grandes e másculos na Vila e ele não me chamou tanta atenção assim. Mas, me fascinou o "burburinho" à minha volta, nunca tinha visto tanto alvoroço. Cheguei a me divertir vendo as noviças acordarem ainda mais cedo para estarem bonitas para a missa das seis, beliscando as próprias bochechas para ficarem coradas, enfim, tentando parecer atraentes para um padre, ainda que não se dessem conta do escândalo que seria isso! Minha vontade era de gritar: "Vocês são noviças, ele é um padre, nunca vão poder ficar juntos!", mas resolvi simplesmente me sentar e ver que tipo de vantagem eu poderia tirar de tudo aquilo.

Estranhei as colocações dela:

– Vantagens? Como assim? – perguntei curioso. – Fala de vantagens financeiras?

Ela riu-se:

– Também, que algumas noviças eram de famílias ricas e dinheiro é sempre bom, mas outros tipos de vantagens são ainda melhores em um convento. Ficariam me devendo favores, na base da chantagem, que eu cobraria quando me interessasse. O padre Giácomo tinha um tipo sensual, e com suas indiscrições eu poderia conseguir algo dali que talvez pudesse usar no futuro. Logo, tratei de me afastar o máximo possível dele e de observar tudo o que ocorria a sua volta. Ele não me via, pois nem me confessar com ele eu ia, preferindo o padre mais velho. Não ia dar chance a que se interessasse por mim, a exemplo de outros que já tinham se interessado, e eu não tinha a menor intenção de ficar no convento o resto da vida. Pensava que com a reação que esse padre causava nas moças e mesmo em algumas freiras, talvez eu conseguisse até mesmo uma chance de ter a minha independência, mas não estava preparada para nada do que viria a seguir.

Seus olhos verdes se encheram de lágrimas, e o sorriso de superioridade de antes, ficou amargo. Ela continuou:

– Eu mesma não tinha ideia do que era paixão, mas já tinha visto muita gente apaixonada, e não me enganei quanto ao padre Giácomo. Atencioso com as noviças mais bonitas, fugia, no entanto, das alunas pagantes, fazendo a estas longas preleções sobre a moralidade. Não adiantava, elas suspiravam mesmo assim... Conversava entretanto com as mães delas, elogiando aqui e ali, conseguindo vultosas doações para o convento. Madre Superiora estava muito satisfeita com ele, tão satisfeita que "fechava" os olhos, já um tanto míopes, à sua fama de conquistador junto às noviças.

Clara me pareceu meio inquieta com as declarações de Eulália, tanto que perguntou:

– Com que então ele assediava as moças? Forçava-as a algo?

Notei que Eulália tentou ser justa:

– Não posso dizer com certeza, já que não estava presente quando acontecia, mas nunca ouvi falar que tenha *forçado* qualquer moça a fazer algo com ele. Mas era persuasivo, e como um caso com um padre tivesse que se manter em segredo, para ele foi fácil ficar com várias delas ao mesmo tempo, já que uma não sabia de outra.

– E como você soube disso, Eulália? – perguntou Clara.

Ela sorriu meio faceira com as lembranças:

– Tornei-me confidente de muitas delas. Era fácil descobrir quais eram: bastava notar quais delas estavam distraídas, meio sem fome, dando olhares para o padre Giácomo quando ele entrava no refeitório, era tudo claro como água. Elas tinham necessidade de falar com alguém sobre o acontecido, e eu surgia quase que como tábua de salvação. E não eram só algumas noviças, algumas freiras mais novas também, andavam com atitudes que não tinham antes, não é mesmo, irmã Lourdes?

A freira a olhou, muito irritada, e respondeu:

– Algum dia me viu com alguma atitude indecorosa com o padre? Ou mesmo dizendo algo que pudesse me comprometer com ele?

O olhar dela foi triste e magoado para a freira que tinha sido a sua tortura quando viva:

– Não... Quem dera tivesse sido isso, que a senhora, quando mais nova, não era uma mulher feia. Com todas essas confissões das moças, é claro que ganhei alguns mimos, outras me presenteavam com algum dinheiro, tudo para me agradar e para que eu nunca contasse nada a ninguém. E eu era fiel realmente, nada falava, nem mesmo que o padre em questão já tinha vários casos dentro do Convento. E as seduzia sem a menor vergonha, meninas de 14, 15 ou 16 anos, que ainda sonhavam com príncipes encantados, debaixo dos hábitos claros e simples de noviças! Mas nenhuma delas me disse que tinha sido forçada a nada, e uma até me falou que se sentia "abençoada", pois um "homem de Deus" tinha estado com ela.

Dentro de meu peito ardeu uma revolta imensa, pois notei que eram crianças seduzidas pelo prazer de um homem adulto e sagaz, que só pensava em si mesmo. Eulália continuou:

– O triste da situação é que a irmã Lourdes parecia ter um faro para algumas dessas moças, e quando notava que uma delas tinha "desaparecido" por uma hora que fosse, colocava-a em castigos severos, sem missa, nem confissão por um bom tempo. O padre, notando isso, tratava de dispensar a noviça em questão, pois já se sabia vigiado, e dizia para a pobre que, "apesar da grande paixão que sentia, tinha que voltar a respeitar o hábito que usava", e assim, ela era coisa do passado. Meninas assim usadas entravam muitas vezes em sério desespero romântico, uma chegando a ingerir veneno de rato, falecendo dois dias depois com dores fortíssimas. Outras ainda simplesmente paravam de comer, e ainda tivemos duas que optaram por deixar o convento. Essas últimas tiveram sorte, porque foram as que a irmã Lourdes não descobriu a tempo. Mas tivemos outras, que padeceram de um mal muito pior: seis moças engravidaram no período de dois anos.

Sabedor da época em que tal fato tinha ocorrido, não pude deixar de perguntar:

– Mas isso, no início do século XX, seria um escândalo sem precedentes! Noviças engravidadas por um padre? Que aconteceu então? Foram expulsas?

– E deixar que um escândalo como esse caísse na boca do povo? Jamais! De início, a maior parte delas quase que não sabia o que estava ocorrendo... para ser franca, algumas delas não sabiam sequer como eram feitos os bebês, e se estranharam a falta das regras, foi meses depois. A irmã Lourdes foi a primeira a perceber e ficou furiosa quando descobriu que uma menina de quatorze anos estava grávida, vomitando pelos corredores do convento, muito pálida, e já com o ventre pronunciado. Levando-a para o seu gabinete interrogou a moça, e sabendo do acontecido, açoitou-a sem dó, para "tirar o demônio" dela. Lembro-me que voltou ao nosso dormitório depois e me contou tudo, enquanto deixava que eu lhe lavasse os ferimentos. Ouvi seu relato imaginando o que seria dali por diante, e ela, feliz e assustada de descobrir a gravidez, fazia planos de contar ao pai sobre o filho que esperava. Dizia-me ingenuamente que: "ele certamente me tirará daqui, vai largar a batina e se casar comigo. Que homem não quer ter um filho da mulher que ama?".

Senti dentro de mim uma pena sem limites da moça, pois já tinha conhecido alguns sedutores e eles não costumavam ter honra com pequenas que se tornavam um estorvo. Que seria dela?

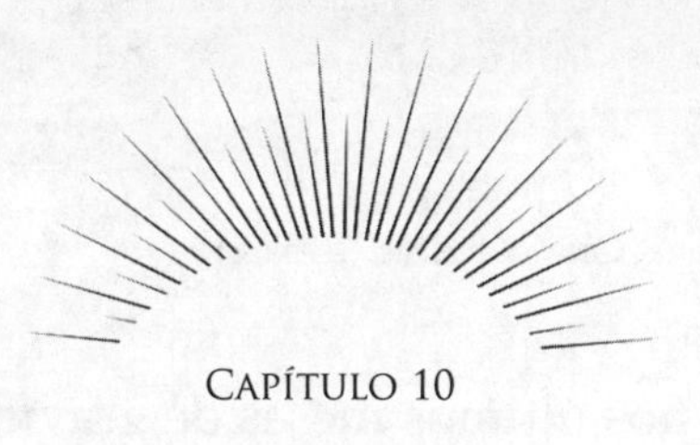

CAPÍTULO 10

A MORAL E A MORTE

ERA TRISTE, NAQUELA ÉPOCA, o destino de uma moça grávida e solteira. Se fosse rica, poderia se dar um jeito, arranjar um casamento de conveniência, mas pobre...

A bela boca de Eulália fez uma expressão de desprezo:

– Tola! Como todas as outras que viriam depois, tolas! O padre fez seu "harém" no convento, mas preocupar-se com elas? Jamais! Tomava o cuidado de relacionar-se apenas com as pobres e sem importância, pois assim sabia que nada lhe aconteceria, e assim foi. A irmã Lourdes ali, foi a primeira a esconder seus crimes, e nem mesmo a madre superiora ficou sabendo às claras do que acontecia. A menina que se chamava Eduína foi posta nos trabalhos mais duros que se podiam achar no convento, até que a barriga começou a ficar aparente demais, e passou por tantos jejuns que viam-se os ossos por debaixo da pele do rosto. Foi afastada da missa e do confessionário e nos últimos meses de gravidez, caiu de tal forma doente, que ficou numa cela (quarto individual) separada de todas nós. Soube por conversas de corredor que tinha falecido, e da criança, nada se falou. O mesmo foi acontecendo com as outras, só duas sobreviveram.

Horrorizado com a narrativa, tive que perguntar a ela:

– Como pode achar que essas meninas não foram inocentes presas nas mãos de tão detestável padre, que ainda por cima as abandonou à sua própria sorte no momento de sua maior angústia? Eram meninas! O que ele fez foi sedução, e é punível com lei, principalmente sendo ele um líder espiritual!

Ela me encarou com um olhar frio e respondeu:

– Nunca pensei que o padre fosse um santo, senhor! Muito ao contrário! Mas as moças não se comportaram bem... Podia lhe mentir, mas é passado o tempo das mentiras, meu senhor. Eu era uma menina como elas, sentia as coisas, embora de um jeito diferente delas, e elas conversavam comigo. Com o tempo vi exatamente o que o padre estava fazendo, a feiura de tudo aquilo, mas também vi o que se passava no coração delas. Essas que se apaixonaram tinham sonhos românticos, estavam no convento por pura falta de opção ou de comida em casa; não tinham vocação religiosa. Umas tinham enganado a família para fugir da lida na lavoura, preguiçosas. Outras estavam ali por orgulho, porque achavam que a vida religiosa lhes conferia um certo *status* no meio da pobreza em que viviam. Nem todas que entram no convento, entram pelo motivo certo. E existiam ainda as que estavam se comportando mal, promíscuas mesmo. Eu tirava vantagens dos homens, mas promíscua não tinha sido.

Clara me observou:

– Há que se lembrar, Ariel, que, por trás da roupagem do corpo físico, reside um espírito milenar que vem com seus vícios e suas qualidades aprimorados pelo tempo. Lógico que dada a condição de impotência das meninas diante do padre, este agiu mal a não mais poder, e isto lhe será cobrado. O fato é que algumas sucumbiram, outras não.

Eulália complementou:

– Algumas se insinuaram, outras não. Lembrem-se que elas me contavam as coisas, e soubessem elas de seus destinos, como teriam se comportado de forma diferente! Mas, como eu disse: duas escaparam com vida, a quarta a dar à luz chamava-se Mercedes, era uma mestiça de índia com português, forte como ela só, beirando os 16 anos. Teve o mesmo tratamento, mas era esperta: deu um jeito de conseguir comida extra da cozinha! Simpática como ela só, até eu me simpatizei muito com ela, e cansada de ver as colegas "desaparecendo", levava alguma coisa sempre que possível também. Dessa forma ela não perdeu peso, nem ficou enfurnada em uma cela como as outras, coisa inútil, aliás, pois todas nós sabíamos o que estava se passando.

Clara perguntou:

– Ela veio a ter o filho junto a vocês?

Eulália riu:

– Claro que não! Quando a barriga ficou pontuda, a

irmã Lourdes a colocou afastada de nós, e aí sim acredito que ela tenha passado um pouco de fome. Um mês e meio depois, voltou Mercedes ao nosso convívio, sem a barriga, descorada, tremendamente abatida, e sem querer falar com ninguém. Bem mais magra que antes do parto, a nossa indiazinha negava-se a comer, tinha ainda um pouco de febre, e dores abdominais. Os olhos vermelhos pareciam não ter mais lágrimas e ela ficou encurvada na cama, por vários dias, sendo alimentada com uma sopa rala que ela, às vezes, vomitava.

Clara apiedou-se da moça:

– Morreu também?

– Levou um bom tempo, pois ela era bem forte. Uma noite me sentei ao lado dela na cama, e segurei-lhe a mão, que estava fria como gelo. Gostava de Mercedes, que era alegre, bonitona, sempre com um comentário engraçado. Tinha sido sua confidente também, e me dado doces para vender, os quais fazia na cozinha do convento (já eu, não fazia nada de graça). Olhei para ela pela primeira vez com verdadeira amizade perguntando o que tinha ocorrido para deixá-la daquela forma. Ela me olhou com aqueles olhos castanhos avermelhados de chorar, contando que eu não fazia ideia do que algumas freiras eram capazes de fazer.

Dito isso ela olhou para irmã Lourdes, com um ódio difícil de descrever com palavras, mas continuou:

– Perguntei a ela o que tinha acontecido, se a criança tinha nascido bem, e ela virou-se na cama pela primeira vez chorando de fato. Disse que estava cansada demais, que se num convento coisas assim aconteciam, nada mais valia a pena, parou de comer definitivamente e em seis dias, finalmente estava morta.

A irmã Lourdes tinha a cabeça virada para o outro lado. Envergonhada por lembranças doloridas? Não me parecia... incomodada? Seria essa a palavra certa? O que faziam a essas mães e seus bebês no ambiente sagrado de um convento? Não sei, mas li seu pensamento com clareza e ele dizia: "Eles não sabem o que se tem que fazer para manter o bom nome de um convento quando essas desmioladas fazem o que querem!" Clara olhou para mim como se dissesse em viva voz: "Não adianta falar com quem não se arrepende!" E eu me calei. Eulália continuou.

– A quinta também sobreviveu, mas nada disse. Era uma moça fútil, um tanto tolinha, e sua transformação foi atroz: tornou-se uma criatura de poucos amigos, que ganhou peso, e ficou maldosa. A sexta moça não sobreviveu.

Eulália deu um sorriso amargo:

– Com isso, a vida do padre Giácomo ficou um tanto mais complicada do que ele gostaria: moça nenhuma mais queria proximidade com ele, que passou a ser evitado como se fosse Lúcifer na Terra. Tinha noviça até que se benzia quando passava por ele... Notei então a alegria de irmã Lourdes, que ficou subitamente bem-humorada, e correu a notícia pelo convento de que ela e o padre estariam tendo um caso ardente. Achei graça: o demônio e a puritana! Como já disse antes, ela não era uma mulher feia, longe disso, era até bem-feita de corpo, mas o que me irritou de fato, além da morte de minhas colegas, foi a hipocrisia da coisa. Com que então a "santarrona", que vivia a dar lições de moral e a pregar a castidade, estava agora a ter seu caso de amor, justo com o maior dos pecadores? Aquilo começou a me incomodar mais do que devia!

Senti em Eulália a força de um ódio tal, que devia ter vindo de outras encarnações, além daquela vida. Os olhos verdes pareciam ter mais vida do que antes, e ela cruzou os braços, quando olhou para a irmã Lourdes e disparou a acusação:

– Hipócrita! Demônio sem compaixão!

Ao que a irmã, impassível em seu hábito negro, simplesmente respondeu:

– Quem nunca pecou na vida? É verdade que amei um homem, mas o que fiz foi para proteger a Igreja! E não sucumbi ao suicídio como você! Não ouse fazer comparações!

Ao ver que a freira ainda julgava-se superior à moça, Clara lembrou à freira:

– Existem erros, irmã, muito mais graves que o suicídio. Devemos observar também o que a levou a cometer tal ato, o estado mental em que se encontrava, se estava doente, sob a influência de drogas ministradas a ela sem a sua concordância... existem tantos atenuantes que a senhora sequer faz ideia! Fomentar nela a culpa, de forma desmedida, é um grande mal que lhe será cobrado!

A freira a olhou com um ódio controlado, o que não afetou minha companheira de viagem:

– Eu a puno porque é a vontade de Deus!

Pela primeira vez ouvi a voz de Olívia, clara e cristalina, em alto e bom som:

– Pois Deus, minha senhora, é amor. *E Ele não pune, Ele ensina!*

Assustada ao ver a formosa menina em inebriante luz azul, ela se calou. Olhei para Eulália e a vi de olhos fixos em Olívia e finalmente ela se ajoelhou no chão, espantada com a luz que vinha dela, e eu vi grossas lágrimas caírem de seu rosto. Finalmente aproximando-se, sem encostar no chão, a luz em volta dela brilhando como nunca, Olívia disse num tom de voz normal para ela:

– É a primeira vez que chora desde que desencarnou. O orgulho não a deixava chorar antes, mas vê, as lágrimas agora te limpam, não precisa mais se esfregar com tanta força! Conte a eles, Eulália, o que fez com a sua vida quando resolveu se vingar por suas amigas...

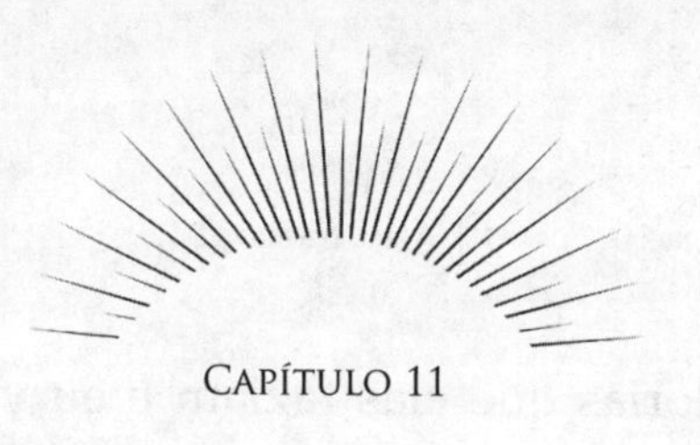

CAPÍTULO 11

SANTA CLARA

A FREIRA, AO VER Olívia se aproximar, afastou-se rapidamente. Clara e eu pudemos ler no pensamento dela, o temor de que Olívia fosse um anjo vingador qualquer, que a castigaria ou a levaria para um lugar pior. Um canto com chamas bem altas passou-lhe pela cabeça, assim ela tratou de retirar-se o mais discretamente e rápido possível. Aproveitei para fazer um semblante de desaprovação bem sério, e a fuga foi ainda mais veloz... Clara me olhou e me disse em voz baixa: "Malvado!".

Soubesse ela o que escutaríamos a seguir, teria sido ela a não só fazer cara feia, mas a enxotar a freira. Banhada em suas próprias lágrimas, perto de Olívia, que agora já voltava à sua luz natural, muito clara, mas branca, Eulália finalmente deixou de lado a sua máscara de frieza e contou-nos o que tinha se passado:

– Tem razão... Eu conseguia mesmo dinheiro delas

com mercadorias que elas faziam e eu vendia para as alunas ricas, pois não tinha intenção de ficar no convento. Mas meu coração não era de pedra! Gostava da maioria delas, embora as achasse tolas! Mercedes, principalmente, foi a melhor amiga que tive durante toda a minha vida. Era sensual, alegre, inteligente, trabalhadora... Apaixonou-se loucamente! Todas elas me pediam segredo, mas eu devia ter contado para elas, umas das outras, quanta dor não podia ter evitado! Ao invés disso, aquela sequência de mortes absurdas, para proteger o nome do convento a qualquer custo, e o padre sem qualquer punição... Eu podia ter evitado, não pense que não sei disso!

Ela parou, soluçou, e eu vi um arrependimento verdadeiro pela primeira vez nela, então disse:

– Você também era muito jovem! Que idade tinha? Dezesseis?

– Quando a última morte ocorreu eu estava fazendo 18 anos. Quando tudo começou, estava com 16. Mas era desculpa, agi muito mal... na medida em que elas começaram a morrer, a culpa e o ódio foram me corroendo. Não na primeira moça, mas depois fui vendo o ardil das irmãs com as noviças grávidas, e os privilégios que o padre continuava tendo. Aquilo foi me revoltando de tal maneira, que quando a última se foi, eu deixei passar uns três meses, e comecei o meu plano. Noviças parecem todas muito iguais em seus hábitos, e eu tinha conseguido passar despercebida do padre Giácomo até então, sentando-me sempre nas últimas filas de cabeça baixa, e nunca me confessando com ele, apenas com o velho padre que lá continuava apenas para essas funções. A irmã Lourdes estava no sétimo céu de tão contente naqueles dias, mesmo depois de tanta desgraça ter acontecido. Éramos agora em quase cento e vinte noviças.

Clara perguntou:

– Ainda não tinha feito os votos, Eulália? Por quê?

Eulália sorriu meio triste:

– Os votos não eram obrigatórios. Lá trabalhávamos gratuitamente, e muito! Apenas as que "ouviam o chamado de Cristo" faziam os votos perpétuos, as demais ficavam até os 24 anos, quando saíam para serem professoras ou qualquer outra profissão. Assim estava eu, e por isso juntava dinheiro...

Finalmente entendi o quanto a menina era precavida desde cedo. O que em nada justificava o que tinha ocorrido, mas demonstrava um raciocínio lógico bem apurado numa menina de 15 anos, que costuma não atentar para esse tipo de coisa. Ela continuou:

– Sempre tive horror à pobreza. A pobreza leva a abusos, e eu não sofreria abusos nunca mais... Aos 19 anos eu sabia perfeitamente o quanto chamava a atenção masculina, mesmo dentro do convento. Entregadores de frutas, marceneiros, encanadores, todos eles chegavam a parar o que estavam fazendo quando me viam, e não faziam isso para nenhuma outra noviça. Chegava a receber pequenos presentes, bilhetes, que eu recusava sempre, dizendo que estava "comprometida com o Cristo", não tinha interesse em nenhum deles. Sabendo disso, dessa minha sina com o sexo oposto, munida de misto de culpa e ódio, resolvi um dia levantar um pouco mais cedo, e, na hora da missa, sentei-me bem à frente do púlpito, de forma que o padre Giácomo não tivesse alternativa, que não fosse me enxergar.

Eu e Clara olhamos o rosto de Eulália, ainda molhado de choro, e reparamos no quanto era bela a moça, mesmo com os louros cabelos cortados em desalinho, o narizinho vermelho, os olhos inchados de choro. Se ali, com aquela rota camisola de tecido grosso ela já chamava a atenção pela formosura sem par, tentei imaginá-la no hábito de noviça, muito limpa, sem artifícios, aquele rosto de anjo a mirar o padre, com aqueles olhos verdes como o mar em dia de sol ardente.

– Notei que as outras noviças estranharam que eu me sentasse ali, perto do púlpito. Mas quem estranhou mesmo foram as irmãs, que me olharam como me fuzilando com os olhos, francamente incomodadas com a minha presença. Ajoelhei-me em posição de oração, o que as deixou desconfortáveis. Sentando-me novamente para ver a missa, assustei-me ao ver a irmã Lourdes a me encarar com ódio, mas sem nada dizer, pois o padre Giácomo estava entrando. As missas, na época, eram ditas de costas para a audiência, em latim, de forma que de imediato, ele não me notou. Mas eu pude finalmente vê-lo de perto: era realmente um homem alto, forte, de cabelos negros entremeados de fios grisalhos, pele morena clara. Não tinha visto seu rosto de perto, mas só de lembrar das moças, o ódio me subia ao peito, e ruborizava o meu rosto. Só então senti sobre mim um olhar tão pesado que parecia chumbo derretido: a irmã Lourdes me observava atentamente, inclusive ao meu rubor, sabendo o que eu pensava! Atrevida, sorri para ela, em cumprimento, e foi o que bastou: ela avermelhou-se como eu nunca tinha visto antes!

Ela deu um sorriso divertido a se lembrar da cena:

- Foi então que o padre terminou sua longa cantilena em latim, da qual entendíamos apenas poucas palavras, as quais repetíamos no momento certo, e chegou a hora da comunhão. Eu nunca tinha tomado a hóstia das mãos dele, nem me aproximado, eis que ele, nos preparativos, finalmente colocou os olhos em mim. Estávamos todos em pé, aguardando a hora de entrar em fila para comungar, quando o mais inesperado aconteceu: o padre, que estava praticamente do outro lado da nave (pequeno palco da Igreja) me viu, parou os preparativos, e veio em minha direção, parando justo na minha frente, olhando fixamente para o meu rosto e me perguntando, para espanto meu: "Santa Clara?"

Prestando atenção na narrativa da moça, achei francamente que tinha escutado errado, então perguntei:

- Ele lhe chamou de Santa Clara? A amada amiga e companheira de São Francisco de Assis?

Ela abaixou a cabeça e disse:

- Sim, a intocada, a casta amada de São Francisco de Assis, que representa a pureza e a caridade profunda. E falou em voz audível, boa parte da audiência ouviu, o que me colocou numa situação muito constrangedora. Achei francamente que ele me daria olhares de cobiça, como outros homens já tinham me dado, mas aquele homem alto, de traços até brutos de tão masculino, me olhou como se eu fosse uma espécie de santa impoluta!

Dei a ele um olhar da mais pura reprovação e saí imediatamente da igreja, envergonhada, pouco me importando a situação que deixava atrás de mim. As companheiras me contaram que, depois de recuperado, ele continuou com a missa, mas olhava constantemente a porta por onde eu tinha saído, como se esperasse que eu voltasse.

Clara olhou para ela francamente admirada:

– Isso deve ter causado um falatório só...

– Antes fosse apenas um falatório. Presa em meu quarto, envergonhada, pois de santa eu nada tinha, não bastasse a culpa que eu carregava e a minha intenção de vingança, eu estava bastante confusa e sem saber o que fazer. Terminada a missa, como as companheiras fossem encaminhadas para as suas atividades, apareceu no quarto amplo e vazio a irmã Lourdes, pálida de ódio, e ao me ver abatida não me poupou, dizendo: "conseguiu o que queria, exibida? Por que não se manteve longe, como vinha fazendo até hoje? Tinha que ir até lá 'tentar' o padre?"

Eu e Clara imaginamos a cena, claro que a irmã não ficaria feliz... ela continuou:

– Não respondi, pois sabia que seria pior. Mas não consegui deixar de olhá-la com desprezo, já que tinha ciência de seu envolvimento com ele... enfrentando meu olhar, apesar de meu silêncio, sem motivo aparente algum, que eu nada tinha feito, ela me trancou numa cela individual dizendo que eu ficaria lá por pelo menos quinze dias, para orações e reflexão, para purificar a minha alma. Como leitura teria a Bíblia Sagrada, mas ficaria incomunicável, para o meu próprio crescimento espiritual. Tal punição, depois eu soube, repercutiu muito mal entre as irmãs, pois eu nada tinha feito além de deixar a missa mais cedo, e essa punição era reservada a quem tinha cometido delitos graves, o que colocou a irmã Lourdes sob forte suspeita de estar me perseguindo. Mas quem a enfrentaria? Seu mau gênio era famoso, assim como as suas vinganças: entrei na cela, certa de passar uns bons dias a pão e água, tendo um catre duro como pedra por cama e muito pouco sol.

– Ficou por lá muito tempo? – Clara perguntou.

– Três dias.

Olhei para ela meio abismado, e perguntei:

– Que bom! A irmã se arrependeu?

Ela deu uma longa risada amarga, e nos disse:

– A irmã Lourdes, se arrepender de um castigo? E justo comigo? De fato, hoje eu teria preferido ficar por lá, e até ter morrido naquele castigo... teria sido melhor. Mas não foi o que aconteceu. Durante três dias eu engoli o meu ódio naquela cela pequena e sem sol, com uma Bíblia em latim que eu não entendia! Eu sabia ler, mas de que adiantava? Aprendi sobre um Deus vingativo, que só punia e mandava, e um Jesus que era um sofrimento sem fim! Culpa, falsa moralidade, rezas decoradas e castigos... Assim era a vida no convento, e eu ansiava por sol...

Ela ergueu o lindo rosto para o fraco sol do umbral, um mormaço fraco e frio, tão diferente do sol da Colônia que aquecia sem ferir, e emanava vibrações tão positivas! Ainda assim ela pareceu ter um prazer verdadeiro com aqueles raios de sol fracos. Olívia me disse em pensamento: "de que se espanta, meu amigo? Acha que o umbral é uma terra esquecida por Deus? O Universo pertence a Deus, Ariel, e Ele espera por Seus filhos! O mesmo sol que ilumina esses seres aqui, ilumina a Terra e a nossa Colônia, esqueceu-se? Mesmo nesse solo pobre, nessas árvores meio secas, nesse ar meio pesado, Deus ali está. Procura, e O encontrará!".

Aquecida, Eulália voltou seus olhos verdes para nós:

– Meu ódio que já era grande, tornou-se avassalador lembrando das colegas tão maltratadas no dia a dia, abandonadas em seu momento de maior fragilidade, enquanto seu malfeitor gozava de todos os privilégios. Notei que pela reação da irmã Lourdes sua paixão devia ser grande e que ela estava agindo em nome do ciúme, e prometi sair dali viva, mas tal não foi necessário. Na manhã do terceiro dia, irmã Tereza, que cuidava pessoalmente da madre superiora veio ter comigo, trazendo a chave da cela, e me disse, para minha surpresa: "então essa é a moça que inspirou o nosso bom padre? Realmente, filha, pareces uma santa de tão linda! Venha que a madre superiora quer falar um pouco contigo, mas coma algo antes que estás muito fraquinha!" E assim foi colocado, na mesa do refeitório, depois que todas as outras já estavam em seus trabalhos, um lauto café da manhã como eu nunca tinha comido antes, com ovos, pães, e pasmem: até um pedaço de bolo! De jejum praticamente há dois dias, devorei tudo o mais rápido que pude. Senti as forças me voltarem, e só depois me levaram aos aposentos da madre superiora.

Clara sorriu ao ouvir a narrativa, e comentou:

- Sei que sou magra, mas se me deixassem sem comer direito por dois dias, fazia a mesma coisa! Coisa mais triste passar fome, nunca entendi o que acham que isso ensina! Mas, o que queria a madre superiora? Tirá-la do castigo?

- Na realidade - respondeu Eulália - ela sequer sabia do castigo, ele nem tinha chegado aos seus ouvidos, como boa parte das punições que aconteciam no convento. Era uma senhora idosa, já sofrendo os esquecimentos da idade, e com gente que tirava proveito disso. Mas a irmã Tereza, que cuidava dela, era uma pessoa de muito boa índole, e que fazia com que as decisões da madre fossem cumpridas com obediência, e se soubesse de alguém que a desacatasse, tomava de fato medidas corretivas. Para mim, na época, a madre superiora tinha bom coração, mas ignorava e muito os abusos que ocorriam com as noviças. Era um convento grande, onde circulava bastante dinheiro por conta das aulas particulares ministradas às moças de família. Assim como aos produtos feitos pelas noviças e as irmãs, disputados pela sociedade local. Qualquer criança que nascesse dentro do convento denegriria a instituição de forma indelével.

Admirei-me de que ela defendesse tanto a madre, que não sei até que ponto não estaria a par do que se passava no convento, mas respeitei sua opinião de menina. Podia ser realmente que de nada soubesse. Ela continuou:

- Mas quando entrei na sala da madre ela me sorriu com candura e pediu que eu me aproximasse para que ela me visse melhor, o que fiz, e então ela se levantou para ver meu rosto de perto, olhos bem apertados, e exclamou: "é verdade o que ele me disse, irmã Tereza, pelo pouco que me resta de vista ela parece mesmo com Santa Clara, ou a imagem que temos dela!".

Eulália deu nessa parte um fundo suspiro, como se estivesse irritada:

– Por Deus, pensei eu! De novo a história de santa! Que queriam comigo, afinal? Logo ela me respondeu: "filha, nosso padre Giácomo é um artista renomado, e está fazendo uma encomenda para as irmãs Clarissas. Posaria para ele como Santa Clara? Ele diz que seu rosto e seu porte são perfeitos, assim como a sua expressão de inocência!" Não posso dizer o que tal proposta me causou... Posar para ele, aquele desalmado que tinha arrasado e levado à morte cinco de minhas colegas? Engoli em seco, a comida em meu estômago se revirou, uma tontura se fez em minha cabeça e meu primeiro impulso foi dizer um claro "não!". Mas depois pareci ouvir vozes desesperadas dentro de minha cabeça, passando o enjoo, e me firmando em um propósito feroz: "– Aceite! Acabe com ele e a irmã Lourdes! Nos vingue!".

Eulália parecia ver a cena novamente à sua frente, e continuou:

– De repente, numa lucidez diabólica, eu sorri o mais doce dos sorrisos, o mais inocente, e respondi à madre superiora: "Não acho que mereça ser comparada a semelhante exemplo de pureza, madre, mas se for para dar um presente às estimadas irmãs Clarissas, que tanto fazem pelos pobres, não tenho como recusar". Ela abriu um largo sorriso de aprovação, junto com a irmã Tereza. E assim foi.

Ela posaria para o padre, que como sabíamos, era um

sedutor descarado, que não se furtava de cometer seus crimes com as noviças do jeito mais vil. Olhei para ela um tanto consternado:

– Não achou que estava se arriscando, Eulália?

Ela deu um sorriso irônico:

– Ele, com certeza, deve ter achado isso. Afinal, como saberia que eu era a confidente de suas vítimas, e que já tinha certa experiência, desde muito cedo, a receber os mais variados galanteios? Ele não estava mais lidando com uma noviça jovem e tola, mas com alguém que já conhecia bem os seus truques e a sua maldade! Apenas de olhá-lo, as mãos peludas, o rosto mal barbeado que deixava ver a barba fechada, o olhar quase negro e penetrante... não tinha me agradado dele! Se o traje de padre era a pele de cordeiro, o lobo por debaixo dela era evidente demais! Bem masculino, o padre Giácomo podia mesmo agradar a algumas tolas, mas eu já conhecia a volúpia podre e egoísta que estava por detrás de suas intenções, mas ao pensar que poderia me vingar da irmã Lourdes, e dele mesmo, dirigi-me obediente para uma ala do convento que nos era vedada: o alojamento dos padres.

Ela dirigiu à Clara um olhar triste:

– Nós mulheres podemos ser tolas, às vezes, não podemos, minha senhora? Achei que o alojamento dos padres seria simples, espartano, sem muitos enfeites, mas qual! Eram os aposentos mais luxuosos do convento! Saindo da entrada principal, fui levada a um salão, completamente banhado pela luz do sol, com um grande bloco de pedra cinza com manchas esverdeadas ao centro, que devia ter mais de dois metros de altura, por quase três de largura. Boquiaberta estava, com o tamanho da pedra e a sua beleza, quando uma irmã de nome Fátima, pequena e muito magra, nos seus cinquenta anos me sorriu, dizendo: "bonita, não é? É uma pedra sabão, usada para esculpir. Então é você que será a nossa Santa Clara?" Se aproximou de mim, muito simpática, e me elogiou muito. Disse que ficaria ali conosco enquanto durasse o trabalho, pois não poderia permitir que um padre ficasse a sós com uma noviça. Devo dizer que fiquei bem aliviada, apesar do plano de vingança, pois o padre era grande, e eu pequena perto dele.

Capítulo 12

Flertando com o inimigo...

Ouvíamos Eulália, mas nem eu, nem Clara gostávamos do que ela dizia. Parecia, mesmo assim, *perigoso.* Aquele não era um lugar em que o bem-estar das moças fosse a prioridade!

– Melhor assim – disse eu, que não aprovava moças encurraladas por homens de moral questionável.

– Foi então que padre Giácomo entrou – continuou ela – e parou prontamente ao me ver, depois veio se aproximando devagar, como quem estuda o passo, sempre com um sorriso nos lábios. Agradeceu a minha vinda, e depois entregou à irmã Fátima um costume, que parecia um hábito longo e branco, e um véu que deveria cobrir parte da minha cabeça, em tom de azul-claro. Não gostei muito daquilo, pois eu não tinha feito os votos, e meus cabelos iam, longos e louros até a cintura, em cachos largos. Nenhum homem tinha me visto sem a touca de noviça, já há seis anos, então reclamei. Ele me disse que era por uma causa nobre, a irmã assentiu e lá fui eu me trocar: a rústica roupa de algodão, por belíssima túnica de seda, que embora não deixasse transparências, revelava mais do que eu estava acostumada, os cabelos escovados e que eu tentava manter escondidos pelo lenço, mas este também de seda, voava ao menor dos movimentos, mostrando o tamanho e formato dos cachos, emoldurando meu rosto. Olhando-me no espelho tive que admitir que nunca tinha estado tão bela, nem tão vermelha de vergonha! Tentei me conformar dizendo que ao menos não estava indecente, mas não foi sem repúdio que entrei na sala. Devia ser daquela forma que me vestiria para meu noivo, não para um homem daqueles!

Clara perguntou, curiosa que sempre foi:

– E como foi a reação dele?

– Não vi direito... Estava de cabeça baixa, vermelha como um tomate, bastante desconfortável. Mas a irmã Fátima se desmanchou em elogios, disse que se ele conseguisse fazer igual, ia ser um sucesso. Já gostava da irmã Fátima, que parecia ser ingênua e de bom coração, mas se me fosse dado a escolha, saía dali o mais rápido possível! Comecei a duvidar seriamente do meu plano de vingança, se eu não gostava nem de olhar para o homem, como me vingaria dele? Pensando nisso, tratei de erguer o rosto e ele segurou meu braço com certa delicadeza, dizendo: "Não estava mesmo enganado, tens mesmo a beleza e a inocência de uma Santa Clara! Agora vem, senta-te aqui nesta mesa e olha para esta parede com as mãos postas em oração. Antes de esculpir, tenho que fazer alguns esboços de teu rosto e de tuas mãos..." Depois de me colocar na posição, advertiu que eu devia me manter o maior tempo possível imóvel, e assim fiquei.

Ela sorriu de um jeito amargo, relembrando a servidão:

– Meu Deus, como doem as costas, os braços, a coluna de alguém que tem que ficar numa determinada posição por uma hora ou mais! A irmã Fátima arrumou logo um tricô e lá ficou, sentadinha e nos observando durante todo o tempo. E assim ficamos, entrávamos no salão às nove da manhã, almoçávamos por lá mesmo, ele sempre muito respeitoso e conversando com a irmã, e depois por volta de uma da tarde, voltávamos ao trabalho, até às cinco. Foram quase três semanas só de esboços e medidas em meu rosto, e na minha altura, que ele queria fazer em meu tamanho natural.

– Isso deve ter sido cansativo, não? – perguntou Clara.

– E foi – respondeu ela. – Cansativo e confuso. Senti que o trabalho ia durar muito tempo, e isso não me fez feliz.

Olívia tinha voltado para o alto de sua árvore, e sorria misteriosamente. Clara e eu nos entreolhamos: confuso por quê? Como se entendesse o que pensávamos, Eulália nos esclareceu:

– Apesar de me desenhar com sofreguidão, observando o menor dos meus traços, ele realmente não me "olhava". Dizia para mim apenas o indispensável, como "vire à direita, levante o rosto, olhe para baixo", tratava-

-me como um belo "cesto de uvas" a ser retratado. Nos almoços, conversava animadamente com a irmã Fátima, discutia sermões, mas a mim, só chamava de "a menina". Era mais ou menos assim: "a menina quer suco?" "A menina terminou?". Eu sabia perfeitamente que, quando interessado por moças, ele era puro galanteio com elas, minhas colegas tinham me contado todos os seus truques. Mas comigo, a "bela" do convento, ele tratava como se fosse sem nenhum atrativo! É certo que a irmã Fátima estava ali, a postos, como uma grande leoa benfazeja a me proteger, mas sequer um olhar de admiração, e isso ele poderia fazer. Confusa com a coisa toda, admiti o óbvio, que ele não se interessava por mim, mas apenas pelos meus traços.

Não acreditei muito nisso, mas quem sabe fosse apenas o interesse "artístico"? Olhei Eulália ali sentada conosco, bela como um anjo, e não acreditei nas boas intenções dele, devido ao seu passado. Ela continuou:

– Independentemente disso, ao final de três semanas, a irmã Lourdes adentrou à sala, sendo cumprimentada efusivamente pela irmã Fátima (o que não era de se estranhar, ela sempre cumprimentava efusivamente todo mundo, boa alma que era), e depois, olhando fixamente para o padre Giácomo e para mim, que sentada numa cadeira de espaldar alto, olhando para a parede em frente, vestida de seda como a santa, deixava que ele me desenhasse como sempre. Ao ver-me vestida daquela forma, os cabelos soltos em cachos sobre os ombros, esvoaçantes com uma leve brisa que vinha do janelão aberto na primavera, ela disse em alta e boa voz: "Que vestes são essas? A madre superiora sabe dessas liberdades?"

O velho e bom ciúme, pensei eu... ela continuou:

– O padre olhou para ela muito contrafeito, e respondeu que a madre tinha aprovado o costume, que nada tinha de indecente e correspondia às vestes do período histórico retratado. A irmã Fátima disse que eu havia ficado angelical e que era um lindo presente para as nossas irmãs Clarissas, e mostrou a ela alguns esboços, que realmente estavam lindos. Vendo-me assim tão defendida, ela resolveu ficar e apreciar o trabalho, o que me deu uma força, que eu tinha esquecido possuir. Sentei-me, ergui o meu busto, dessa vez sem vergonha alguma, respirei profundamente arfando pelas narinas, umedeci meus lábios rosados com saliva e dei ao padre um único olhar de aprovação, como se agradecesse ele ter vindo em minha defesa, isso tudo sem que nenhuma das duas irmãs pudesse ver, já que eu estava de costas para elas. E foi o que bastou.

Ela ergueu a coluna, como se estivesse na frente do padre em questão, e mesmo na roupa pobre que usava, com os braços arranhados e os lábios ressequidos, o efeito era devastador. Tentei imaginar aquela bela mulher na idade de 19 anos, cabelos longos, vestida em seda, pele bem cuidada e sinceramente tive pena do padre. Clara lendo o meu pensamento, completou dizendo em voz alta: "imagine como não vai se sentir a irmã Lourdes". Eulália respondeu ao comentário:

– O que ela sofresse, pouco seria! Ao ver a mudança sutil em mim, o padre empalideceu, e pediu que interrompêssemos os trabalhos naquele dia, e eu voltei para a minha cela, onde poucos minutos depois a irmã Lourdes entrou, e me viu já no hábito de noviça. Olhou para mim com tamanho ódio, que se fosse qualquer outra teria ficado amedrontada. Mas eu não fiquei: deleitei-me com o ódio dela, adorei cada minuto, e fiz força para não sorrir. Finalmente a tinha atingido, justo a ela que tanto mal tinha feito, que tanta dor tinha causado! Acusou-me de tentar seduzir o padre, e só então eu respondi: "Seduzir aquele verme, que acabou com a vida de minhas amigas? Acha que desejo aquelas mãos imundas e nojentas em cima de mim? Só uma mulher muito baixa para, sabendo o que ele fez, compartilhar o leito com semelhante canalha! Se puder me tirar de perto dele, agradeço!"

– E se sentia realmente assim diante do padre, Eulália? – perguntou Clara.

– Testemunhei dois anos de sofrimento e desilusão de minhas colegas, algumas vieram a se tornar amigas de fato. Realmente tinha um asco sem fim de que ele sequer respirasse perto de mim, mas o meu ódio maior era pela irmã Lourdes. Sua hipocrisia e sua maldade para com as noviças, obrigando-as a fazer os serviços mais pesados, tratando-as a pão e água e finalmente a morte durante os partos, tinha me assombrado. Não tinha ideia do que acontecia com elas e os bebês, mas sabia que coisa boa não podia ser. Assim que respondi a ela sobre o meu nojo ao padre, e meu desprezo a qualquer uma que dormisse com ele, ela empalideceu e afastou-se de mim. Ainda muito desconfiada, perguntou se eu não estava mentindo, avisando que eu seria punida gravemente se algo daquele tipo ocorresse, ao que eu ri, e respondi que "com a irmã Fátima na sala, aquilo seria bastante improvável!".

Ela suspirou fundo, como se lembrasse de algo dolorido:

– Que tolo é quem se vinga! Acha sempre que tem tudo sob controle... De alguma forma, ela intuiu que eu dizia a verdade. E de fato era verdade, eu não gostava mesmo do padre, que estendia as sessões ao máximo que podia, para manter-me por perto. O fato é que minhas colegas começaram a comentar que a irmã Lourdes estava cada vez mais irritadiça, e que estava ficando difícil agradá-la, parece que o seu período de "felicidade" com o padre Giácomo tinha terminado. Outra coisa que notei, três meses depois que já estávamos "trabalhando" juntos: nenhuma outra noviça tinha sido incomodada. Eu, enquanto isso, em alguns dias me mantinha séria como uma estátua, em outros, dava um meio sorriso, o que o fazia empalidecer para o meu divertimento, mas com a presença da irmã Fátima, ele se controlava, e já tinha começado a esculpir de fato o enorme bloco de pedra sabão.

Pensei que ela brincou com fogo, mas nada disse. Ela continuou:

– A primavera tinha passado, e começou o verão. As amplas janelas da sala foram abertas para que a ventilação fluísse, mas os hábitos ficavam constantemente molhados de suor, inclusive os do padre Giácomo. Ele começou a pedir à irmã Fátima que fosse preparar uma limonada, ou trazer água. Ela, muito prestativa, ia buscar, o que lhe dava com folga, uns vinte minutos a sós comigo. Dois minutos depois que ela saiu, largando do cinzel (peça usada para esculpir a pedra), ele se aproximou como nunca havia feito antes, o que me deixou bastante preocupada, dizendo que agradecia o esforço que eu estava fazendo para que ele completasse sua obra. Baixei os olhos respondendo que "era tudo pelas nossas irmãs Clarissas." Senti-me como um ratinho que brinca impunemente com um leão que estava enjaulado, e o leão finalmente é solto. O padre Giácomo sorriu, mostrando os dentes muito alvos, por trás da barba malfeita. Tinha um cheiro forte de suor, que em nada me agradou, e eu me encolhi, pensando em onde tinha me metido, pela primeira vez na vida. Então, voz forte me veio na cabeça, dizendo: "Não seja tola; é apenas um homem! Nenhuma das moças disse que ele as obrigou a nada!".

– Então, não era violento? – perguntou Clara.

– Não. Ao menos que eu saiba, com as moças nunca tinha sido violento, mas gentil... Ao menos era o que elas diziam – respondeu Eulália, e continuou:

– Aquilo me deu certa força. Eu não gostava de proximidades com o sexo oposto, e tinha os meus motivos! Fiquei mais calma, ele se afastou um pouco, o que me deixou mais confortável, e continuou o seu trabalho, me olhando com um sorriso amigável. Meio confusa, mas já sem tanto medo, relaxei um pouco, e fui notando, ao final de vários dias, o perfil de meu corpo se fazendo notar na imensa pedra sabão, o que me deixou surpresa e até feliz. Padre Giácomo podia ser um canalha, mas também era um artista! A verdade é que já iam quatro meses, e ele falava comigo sempre com respeito, e mesmo quando a irmã Fátima ia buscar os seus refrescos, nunca se aproximou de forma ofensiva.

Clara observou:

- Então, ao menos algum juízo ele parecia ter...

O sorriso que ela deu foi triste:

- Na época, sim. Comecei a achar que de fato me via como uma maçã de cera ou algo do tipo, um rosto bonito, e só. Foi quando ele me disse, no momento em estávamos sozinhos: "não acho que esta obra vai ficar suficientemente boa, Eulália". Achando que eu estava me movendo demais, perguntei se devia ficar ainda mais quieta, ele me sorriu, meio triste: "não sei se tenho a capacidade de registrar com perfeição estes teus traços, esta tua pureza. A cópia dificilmente vai ficar como o original".

Não gostei do comentário; provou o que eu já desconfiava há muito: o padre não estava apenas atrás dos "belos traços" de Eulália.

Olhando para o chão, perdida em suas lembranças, Eulália continuou:

- Saltei de minha cadeira pela primeira vez, e fui analisar a escultura, que estava pelo meio e já me parecia belíssima, com os contornos do manto, uma pomba lindamente esculpida em meu ombro, minhas mãos em esboço, meus pés em início de trabalho, os cabelos esboçados, por baixo de um véu quase pronto, e disse a ele: "Dificilmente padre, pelo que vejo aqui, ficará algo menos que perfeito. É uma gazela aquilo que ficará ao meu lado?" Ele sorriu e disse que sim, que os animais são bem mais fáceis. Contou que tinha recebido a encomenda de uma "Santa Clara" havia uns seis anos, mas que ainda não tinha achado a modelo, e que, quando me viu, ficou feliz. Conversou finalmente comigo por um bom tempo, mesmo depois que a irmã Fátima chegou, contando que no início de sua vida não ia ser padre, mas artista, só que um tio bispo achou que a vida religiosa cairia bem para ele, e pagou seus estudos no seminário. Gostava do púlpito, mas sua paixão era a arte. Ficamos, eu e a irmã Fátima, a ouvi-lo o resto da tarde; não notei mágoa nele por assumir o sacerdócio, gostava da vida dele assim, tal qual era, embora de uns tempos pra cá, segundo ele, aos 36 anos, tenha se questionado sobre ter ou não uma família, como os irmãos, que eram agricultores.

Olhei para Eulália, que nesse ponto da narrativa parecia um pouco mais tranquila e sem maiores culpas. Ela continuou, como se lembrasse de um período doce de sua vida conturbada:

– Estávamos há um bom tempo juntos e ele não tinha se insinuado... agora expunha a sua história de homem comum, como todos os outros, e a irmã Fátima ficou encantada com ele, fazendo perguntas várias, sobre a família e os sobrinhos. O padre respondeu que amava os sobrinhos e quando podia, depois das celebrações das missas de Natal, sempre ia vê-los, e enchia-os de presentes. Lembrei-me das noviças desaparecidas com os seus bebês e cerrei meu cenho: nada de presentes para elas e seus filhos! Consciente da minha própria insignificância como noviça que podia ser descartada à qualquer hora, sem qualquer explicação, endureci meu coração e naquela noite ao ir para minha cela, procurei pela única noviça que tinha sobrevivido à gravidez indesejada e escapado com vida, embora sem seu bebê.

Clara comentou:

- O que me espanta, Eulália, em sua história, é a total desproteção que vocês tinham contra abusos de superiores! Justo os que mais deviam protegê-las!

- Em certos ambientes, minha boa Clara, só se está protegido quando se tem uma certa estabilidade financeira. Para essas moças pobres deve ter sido muito mais difícil! - disse eu.

No olhar de Eulália, vimos a amargura:

- Difícil não: a vida lá era aterradora! É fato que se antes ali estava uma bela mocinha de seus 16 anos, agora eu via uma moça de seus 19 anos, gorda e triste, sempre mal-humorada, tecendo comentários maldosos sobre tudo e todos. A mudança que tinha ocorrido em Antônia, que esse era o nome dela, tinha sido cruel.

Notei em Clara uma curiosidade feminina, tanto que logo ela se aproximou de Eulália e perguntou:

- Nunca tinha se aproximado dela antes, Eulália? Não tinha sido sua confidente, também?

A moça olhou Clara com os olhos tristes:

- Sim! Era tão tolinha! Tão fútil! Sonhava se casar com padre Giácomo, que ele largaria a batina! Inútil tentar alertá-la do que fosse, que ela o defendia como se ele nunca a magoasse! Seus sonhos de moça, tão duramente conquistados, não deviam ser maculados e ela lutou até o fim por isso.

- Mas não se convenceu quando o padre a deixou

junto à irmã Lourdes, que a fez trabalhar com os serviços mais pesados, e a privou de sua companhia? – perguntou Clara.

– Achou que o padre estava sendo obrigado, mas que logo se rebelaria e a tiraria dali. Acreditou até o último momento, quando a tiraram de nós... quando voltou, dois meses depois, não soltava uma palavra, envergonhada provavelmente. E quando voltou a falar, ficou tão maldosa que eu não me atrevi a falar com ela novamente. Estava tão cheia de culpa que a garganta se trancou e eu baixava os olhos toda vez que via Antônia, engordando cada vez mais. Mas, naquela noite foi diferente: eu me acheguei a ela, que ergueu os olhos para mim profundamente desconfiada, sentei-me em sua cama, ao que ela me perguntou sem rodeios: "Que quer, 'Santa Clara?', é a preferida do padre agora, não é?". Olhei para ela sem baixar a cabeça, com a firmeza necessária, coisa que ela não esperava, e respondi: "Acha-me 'Santa', Antônia? E além disso, acha-me cega? Que fizeram contigo, nos dois meses em que ficou longe? Que fizeram com as outras? Não acha que algumas pessoas merecem pagar pelo que fazem?" Ela empalideceu, nos olhos castanhos, quase negros, eu vi lágrimas se formarem, e então eu a coloquei contra a parede: "mas o que devo fazer se não sei o que ocorreu? Você não conta, Mercedes não quis falar... e se me vingo de um inocente? Se nada me diz, eu, que te escutava, nada posso fazer com certeza. Acreditar que sei não é saber! Conte-me o que houve, e eu te vingarei!".

Clara perguntou:

– E o que ela disse, Eulália?

– Disse que a humilhação tinha travado a sua língua, mas se era para dar "uma lição" no padre, ela me contaria. E ela contou...

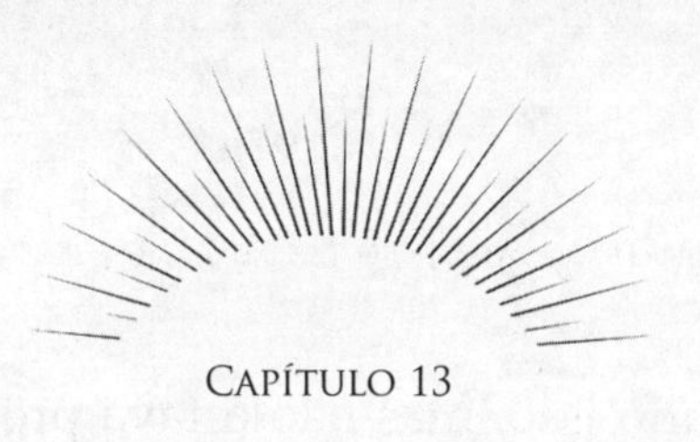

Capítulo 13

Antônia

Um convento devia ser um manancial de amor infinito, já que eram mulheres servindo ao Cristo. Agora ali, conversando com Eulália, eu notava que, naquele convento com as missas em latim, pouca noção do Evangelho tinha aquela moça! O convento na realidade, me parecia uma pequena sociedade que lutava para sobreviver no mundo com as suas próprias regras, se adequando à sua forma para manter uma imagem impoluta perante à sociedade local e assim manter-se financeiramente.

Ouvindo dela que as noviças eram "dispensáveis", pensei que era assim que muitos pobres da Terra se sentiam, desvalidos e sem poder de lutar contra os mais poderosos. Não era à toa que ela tinha tanta raiva da pobreza, ao não pregar o evangelho com todas as letras, as noviças se sentiam abandonadas duas vezes: pelo Cristo que nunca conheceriam, e pelas próprias freiras. Já tinha observado tudo isso, mas não estava preparado para o que ouviria de Eulália a seguir:

– Eu imaginava que algo de mal tivesse ocorrido com as noviças que tiveram os seus bebês, mas não esperava ouvir de Antônia, o que escutei. Como se estivesse represando um sentimento há muito preso dentro de seu peito, ela me levou para longe das outras, perto de um janelão onde ninguém nos ouviria, e me disse: "vou lhe contar, mas hora nenhuma deve citar o que te digo aqui, pois fui a única que escapou com vida, então saberiam que fui eu que disse, compreende?" Fiz que sim com a cabeça, eu entendia. Não desejava nenhum mal a ela, que seguiu, fazendo com que eu prometesse pela minha vida, jamais comentar o que ela me diria, e eu prometi.

Eulália olhava o chão, entristecida com a lembrança:

– Ela suava frio ao se lembrar dos fatos, mas me contou, com a voz rouca de raiva, que "eu era muito burra... estava perto do oitavo mês de gravidez, e achava que ia ficar com a criança! Torcia para que me expulsassem do convento, assim eu tentaria entrar em contato com o padre Giácomo do lado de fora, e avisaria do nosso filho. Tinha certeza de que ele se casaria comigo. Já disse: eu era uma burra!".

Clara perguntou:

– Mas, se sumiam as noviças e os bebês, ela tinha mesmo um pouco de razão de pensar assim, não?

Eulália riu-se amargamente:

– Muitas das noviças, inocentes, achavam isso. Eu mesma achei, durante um bom tempo, afinal, era um convento! E num convento, não se praticam abortos, nenhuma das noviças tomou qualquer preparado abortivo, embora fosse forçada a fazer os serviços mais extenuantes! E preparados abortivos eram bem comuns naquela época nos vilarejos... mas Antônia continuou a me contar: "Fui levada para uma cela solitária do convento, escura, com um crucifixo enorme, um catre sem colchão e nenhuma coberta. Lá a irmã Lourdes disse que eu devia me penitenciar do pecado da carne, que como 'noiva de Cristo', eu havia cometido 'um pecado mortal' e só escaparia do inferno com muita oração! Embaixo do crucifixo havia um pequeno degrau em madeira sem forro, onde eu devia me ajoelhar, e rezar ao menos dez terços por dia. A sala não tinha ventilação, apenas um teto muito alto onde passava uma réstia de sol durante o dia. Minha comida eram dois pedaços de pão secos, com uma botija de água; meu banheiro era uma pequena fossa improvisada no canto da cela, para que eu não saísse dela. O inverno era rigoroso, e, sem as cobertas, eu dormia encolhida de frio, numa cela que não devia ter mais do que cinco metros quadrados, totalmente feita de geladas pedras".

Tentei imaginar semelhante suplício: uma grávida, já com as dores no corpo em seu último mês de gravidez, deitada em um catre (cama) sem colchão, dura, cercada de paredes de pedras úmidas, sem ventilação, sem sol, em absoluto isolamento. Pensei nas condições insalubres da tal fossa, e do medo que a menina devia ter tido de ter seu bebê ali, sozinha, sem o amparo de ninguém. Eulália continuou:

– Antônia era uma moça sonhadora e frágil, e eu perguntei quem lhe trazia o pão todos os dias. Alguém mais devia saber daquelas condições miseráveis que lhe eram impostas... ela me respondeu que no início era sempre a irmã Lourdes, mas que depois, uma freira pequena e gorducha começou a lhe trazer o desjejum: era morena clara e não lhe dizia uma só palavra, benzendo-se sempre quando olhava para a sua barriga. De tudo ela tentou para conversar com essa freira, mas tinha ela tanto medo no olhar, que Antônia desistiu. Aos poucos foi notando como suas mãos, antes bonitas, ficavam feias e magras, a pele enegrecida pela sujeira, as pernas mais finas. O vento à noite batia forte nas paredes de pedra do convento e parecia ouvir-se um lamento. Por fim, ela decidiu que não rezaria e nem se levantaria mais, parecia que fantasmas flutuavam pela sua cela à noite, e ela tinha delírios fortes entremeados de calafrios. E um dia, quando a freira pequena e morena veio trazer o seu pedaço de pão seco, deu com ela encolhida na cama, abraçada com a barriga imensa, com tremores pelo corpo, e correu chamar ajuda!

Tive que perguntar:

– E vocês tinham um médico no convento?

Eulália me olhou enraivecida:

– E acha que chamariam um médico para ver uma noviça fraca, imunda e grávida? Explicar isso ao médico como?

– Mas a menina não podia ficar sem tratamento! Podiam pedir segredo ao médico! – refutei.

– Eles não acreditavam em segredos do lado de fora do convento, senhor! E só Deus sabe há quanto tempo não faziam dessa forma. Antônia me contou que acordou de banho tomado, com a mesma freira pequena lhe dando uma sopa rala e quente, e a irmã Lourdes lhe avisando que logo voltaria à sua cela, que estava lá há apenas quinze dias. A pequena freira baixou os olhos, como se não concordasse com aquilo, e depois de um tempo, Antônia compreendeu que tinha sido levada para um catre limpo e confortável por insistência da pequena irmã, que temeu por sua vida. No dia seguinte, voltando à sua cela, a notou mais limpa, e sobre o catre de madeira estava ao menos um velho e frágil cobertor, que ela logo entendeu ter sido deixado por sua benfeitora. Um pouco melhor, mas ainda tossindo muito e com uma febre persistente, ela decidiu que sairia dali viva com seu bebê.

Eulália suspirou, abraçando os joelhos:

– Se pudéssemos controlar nossos destinos, não é mesmo? O fato é que a irmã Lourdes, a partir daquele dia, resolveu que seria sempre ela a levar as refeições para Antônia, e o pão começou a minguar ainda mais. Ao final de um mês, a febre tomou conta dela, e o bebê parou de mexer na barriga da mãe, o que fez com que ela gritasse de histeria, apavorada, dizendo que tinha perdido seu filho! Gritou sabendo que ninguém a ouviria. Chegando a irmã Lourdes e a vendo ensandecida e ainda febril, ela se dispôs a examiná-la, e disse a Antônia que o bebê realmente tinha morrido em seu ventre. Fraca, ela chorou baixinho: ele realmente não se mexia havia dias, e ela temia pelo pior. A freira disse que era um "castigo divino" pelo pecado dela, e que tinham que tirar aquele "pequeno cadáver" de seu corpo o quanto antes.

De olhos muito arregalados, visivelmente chocada, Clara disse:

– Às vezes a criança fica quietinha mesmo! Iam tirar o bebê de que forma?

Eulália continuou:

– Antônia diz não se lembrar muito bem, pois estava com febre alta, mas se lembra da dor: disse que se sentiu rasgada ao meio! Irmã Lourdes chamou uma velha freira, que pelo visto já tinha sido parteira, que examinou a noviça e atestou que o bebê de fato tinha falecido. Deu vigorosas massagens com óleos na barriga desta para ver se o bebê voltava a se mexer, mas nada aconteceu, e só então se utilizou de alguns ferros que introduziu na moça e fez seu serviço. O parto forçado machucou um pouco a cabeça da criança, que estava já em posição de nascimento, mas percebeu que realmente já estava morta havia algum tempo, completamente roxa, e enrugada. Mostraram o bebê, um menino, à Antônia, que apenas soltou umas lágrimas e desfaleceu.

Notei Clara muito abalada. Emocionava-se com histórias de mães, e, realmente, aquela era bem triste. Eulália continuou:

– Então, até ali eu sabia apenas da culpa direta da irmã Lourdes, mas então ela me disse algo que me deixou ainda mais firme na minha decisão de vingança: "fiquei alguns dias entre a vida e a morte, triste demais por ter visto meu filho, moreno como o pai, morto ainda antes de nascer! Pensava que se tivesse vingado eu teria me casado com o padre Giácomo! Que tola! Tomava remédios amargos, dormia boa parte do tempo e outras vezes, simplesmente mantinha meus olhos fechados num quarto individual onde tinham me colocado, limpo e com um bom colchão, com a luz do sol pela manhã. Ouvi passos e fingi dormir, só então ouvindo a voz da irmã Lourdes dizendo a alguém que eu 'talvez escapasse da morte'. Qual não foi meu espanto ao ouvir a voz do padre Giácomo a responder: 'é triste, mas, ao menos, outro escândalo foi evitado', e saíram em silêncio. Impossível dizer da minha dor ao ouvir aquelas palavras! Então ele sabia, desde o início, de todas nós! Éramos, as noviças pobres e grávidas, escândalos a serem 'evitados'. Meus olhos continuaram fechados, mas as lágrimas escorriam grossas, chegando aos travesseiros, ensopando-os, e ali mesmo tomei a decisão de que eu viveria, e voltaria para os meus e faria tamanho escândalo que aquele padre e aquelas freiras pagariam caro por aquelas mortes!"

Clara ouvia tudo assim como eu, entristecida pela sorte da noviça Antônia e das outras, que deviam ter sido abandonadas na mesma cela e morrido de falta de assistência ou Deus sabe como. Mas sabíamos que Antônia tinha permanecido no convento. Por isso, Clara perguntou:

– E o que aconteceu com Antônia, já que ela continuou no convento?

Eulália deu um sorriso amargo:

– Ela pediu, assim que recuperada, para falar com a madre superiora. No convento, aquilo era um pedido raro, mas a madre jamais se negava a atender alguém, por isso atendeu-a prontamente. Explicou que não se sentia com vocação para se tornar freira e manifestou o desejo de voltar para a família: ora, outras noviças que pediam isso, eram prontamente encaminhadas de volta para casa, a não ser por pedido expresso da família de que ficassem no convento, o que não era o caso. Para grande espanto de Antônia, a madre disse que queria ponderar sobre o assunto, que em uma semana lhe daria a resposta, e que ela ponderasse também, pois a decisão era muito séria, e despediu-se friamente. Um tanto confusa, Antônia voltou para seu trabalho na cozinha, pensando no porquê da rejeição de seu pedido, quando as outras eram atendidas prontamente: não faltavam candidatas à noviça para o convento, que era afamado por sua boa educação, mas no final da tarde a irmã Lourdes apareceu e a levou a um canto para uma conversa bem elucidativa, acabando logo com suas dúvidas.

– Isso não vai dar em boa coisa – disse-me Clara. Ao que Eulália continuou:

– Bem receosa, Antônia a acompanhou, e a irmã foi bem clara com ela, dizendo que não achava adequado que uma noviça com o histórico dela saísse do convento para uma vida mundana. Deixou claro que uma moça com um passado assim sofreria muito e traria um grande sofrimento para a família, em vista da vergonha que seus pais sentiriam ao saber do comportamento profano da filha enquanto estava no convento. Sim, porque não poderiam devolvê-la à família sem antes contar de todo o ocorrido e suas consequências. Não seria correto! Cheia de ódio, Antônia perguntou se contariam também que o filho que perdeu era do padre Giácomo, ao que a irmã Lourdes empalideceu, e deu-lhe sonora bofetada respondendo: "Além de se deitar com qualquer um, ainda quer enlamear o nome do bom padre! Não se envergonha? Maledicente!".

Eulália suspirou:

– Daí vinha o medo e o ódio dela: longe do convento não poderia contar com a própria família, nem com ninguém. O homem que tinha amado, a madre superiora que parecia tão bondosa, todos que deveriam ter cuidado dela enquanto jovem e inexperiente, quase a tinham matado e agora ela se sentia discriminada por ter se apaixonado e se entregue a um homem que devia ter sido o seu líder espiritual.

Senti Eulália desiludida e triste, mesmo a madre em quem tanto tinha confiado, olhava apenas a sua própria conveniência e protegia o padre em seus malfeitos. Ela pensava agora nas vozes que tinha ouvido com frequência:

– É certo que o padre não a tinha forçado a dormir com ele, que tinha alimentado as suas próprias ilusões, mas um homem de caráter a teria afastado, e colocado num caminho seguro. O ódio que vinha dela, junto com algo que vinha de dentro de mim, me fez tomar a decisão mais triste de minha vida, principalmente quando ela me disse, com a voz embargada: "Pois se alguém pode nos vingar, a mim e as outras que passamos por esse suplício enlouquecedor, é justamente você, Eulália! Se junto com essa beleza que te faz tão famosa, houver um coração justo, nos vingue! Existem cinco de nós em

túmulos aqui, e eu, destruída para sempre. Acha justo?"
Não, eu não achava. Sabia perfeitamente o que era passar por uma injustiça, como a que elas tinham sofrido. A humilhação, o medo e a dor foram demais. Eles iam ter o troco.

Capítulo 14

Caminho para o inferno

Ouvindo a moça, pensei como era louca a vingança e a sensação de poder que ela dava. Eulália era uma moça pequena, traços Delicados, incrivelmente perfeitos, olhos verdes e faiscantes e mesmo desarrumada, era de uma beleza estonteante. Mas fora isso, não tinha dinheiro enquanto encarnada, não tinha conhecimento com pessoas influentes, não tinha nenhum poder financeiro. Apesar disso emanava dela ainda uma força qualquer, que Antônia tinha sentido, e que eu pude pressentir que as moças que tinham falecido, ao menos algumas delas, emprestaram a ela. Inteligente acima da média, ainda que mais frágil do que supunha, Eulália preparou-se para sua batalha, naquele momento ajudada pelas forças das colegas já desencarnadas, que muito desejavam a mesma vingança. Lendo meu pensamento, Clara sorriu como se estivesse em sintonia comigo e me disse: "Triste, não? Unidas por tal dor?", ao que Olívia, em pensamento também, observou: "Algumas das moças deixadas sós por longo tempo naquela cela fria enlouqueceram e tiveram sozinhas os bebês que morreram por falta de assistência. É preciso olhar este atenuante. Mas realmente três moças estavam com ela por um bom tempo, o sofrimento foi demasiado: elas ansiavam por vingança!".

Eulália foi até o rio e lavou seu rosto, cônscia de que estava de seu testemunho:

– Dentro de mim veio o jeito certo de me vingar do padre. Não passou pela minha cabeça, em nenhum momento, me entregar a ele, pois não suportava a ideia de tal homem me tocando, mas enganá-lo, por que não? Desde muito pequena eu tive que aprender a fingir, ou não sobreviveria, e o fazia bem. Na realidade, a maior parte das pessoas naquele convento fingia desavergonhadamente, como eu pude verificar pelo depoimento de Antônia, mas eu seria ainda melhor que eles! Fui posar vestida de santa, mas, ao contrário dos outros dias, em que apresentava sempre um semblante casual, fiz um "ar de tristeza" compungida e calada. Entrei dando um pálido bom-dia, me esquivei de qualquer comentário com a irmã Fátima ou mesmo com o padre Giácomo, no almoço olhei para o chão o tempo inteiro, quase não toquei na comida (no que me arrependi, que fome fiquei de tarde!) e, ao final do dia, o padre já estava inconformado, indócil para saber o que havia comigo. Nos dias seguintes, agi da mesma forma, mas me preveni comendo bastante no café, que não queria saber de chegar no final da tarde tonta de fome. Irmã Fátima já querendo saber o que havia comigo, o padre querendo ouvir, insinuando se eu não queria me confessar, e eu lá, triste como um passarinho preso, e, como se não bastasse, ao final de dez dias de profunda tristeza, eu comecei a suspirar!

Clara não se aguentou, e riu! Ao que eu também tive que rir, imaginando a cena, da bela Eulália fazendo que mal comia, triste como só ela, e agora a dar suspiros! Clara teve que perguntar:

– E o padre? Como reagiu aos seus suspiros?

Ela riu-se:

– O primeiro foi tão profundo, que ele quase caiu do banco, onde estava sentado, esculpindo parte do manto! Mas quem reagiu de imediato foi a irmã Fátima, que gritou comigo dizendo: "agora chega! Vai ter que comer direito alguma coisa! Vou na cozinha buscar um lanche, e a senhora vai comer direitinho, ou quem vai parar de comer, sou eu!", e saiu da sala, a passo célere, tão depressa que nem parecia ter a idade que tinha. O padre, então, vendo-se sozinho comigo, para meu desgosto aproximou-se demais e tomou da minha mão, dizendo: "que foi, meu anjo? Andam te maltratando? Quem anda te fazendo mal? Diga-me que eu te ajudo!". Fiz com que meus olhos se enchessem de lágrimas, que na realidade não eram lágrimas de melancolia e sim de fome, mas como ele saberia? E respondi de forma bastante humilde: "quem sou eu para incomodar o padre? E depois, se me castigam, é porque devo merecer...".

Olhei para ela, desconfiado, e perguntei:

– Mas, alguém estava lhe castigando?

Ela me olhou divertida:

– Claro que não! E isso importava? Ao que eu disse isso, o padre Giácomo arregalou os olhos de tal forma que eu pude perceber nele a raiva contida e me perguntou o que eu tinha feito de errado, se estava o tempo todo com ele, posando para a estátua, ao que eu disse que não sabia, que a pessoa me punia pelo que "eu podia pensar". Irritadíssimo, ele me perguntou: "e quem é essa pessoa que acha que pode adivinhar os seus pensamentos, e puni-la sem provas? Que tipo de castigo lhe tem imposto?". Respondi que "não podia dizer, pois era superior a mim, que o castigo era o jejum e dormir no chão todas as noites sem cobertas, e que eu estava com medo, pois poderia ficar doente".

Clara riu-se, ao imaginar a bela moça se fazendo de vítima. Eulália continuou sua narrativa:

– O padre Giácomo ficou possesso. Disse imaginar quem estava me torturando, e eu implorei que ele nada fizesse ou seria pior para mim, digna cena de teatro, e então entrou a irmã Fátima, trazendo uma farta bandeja de frutas, pães e manteiga fresca, ao que ele me olhou nos olhos e disse: "trate de comer, e nada mais de jejum!", fazendo-me de muito agradecida, comi moderadamente.

Anoitecia no umbral e naquela parte, um ocaso vermelho e triste desenhava-se já. Tentei achar Olívia em sua árvore, mas não consegui vê-la, olhei para Clara e notei que ela também a procurava. Teria ido embora sem se despedir? Não... procurei algumas partes de lenhas secas com que fazer um fogo para aquecer um pouco, aquela região em que o frio reinava. Aos curiosos sobre o umbral é preciso que se diga: ele é imenso, há áreas com os mais diversos climas, e pelas diversas vezes em que já o "visitei", a trabalho, devo dizer que já estive em ambientes lamacentos, arenosos, quentes, frios, extremamente frios, desertos, com vegetação rasteira, vários tipos de fauna, e, é claro, existem as cidades. Nessas eu nunca fui, vi de longe as suas periferias...

Há sempre muito trabalho no mundo espiritual para os que desejam ajudar aos companheiros que pretendem ascender do umbral para moradas superiores, onde tudo é menos denso e a vida é tão melhor. Independente disso, não são poucos os que preferem ficar no umbral, ou ainda circulando pela nossa amada Terra. É pena! Mas tudo tem a sua hora; se chegou para nós, chegará para eles também! Não são poucos os que insistem em ficar estacionados em sua "cegueira" espiritual, mas a evolução chega, uma hora ou outra, ela vem!

Estávamos agora numa área praticamente deserta, triste é certo, mas não me parecia perigosa. Ainda assim captei os pensamentos de Clara, olhando para os lados um tanto preocupada: em outras missões dificilmente dormíamos assim no umbral, e embora não corrêssemos, é claro, risco de vida como na Terra, não era raro que alguns socorristas, como nós, já tivessem ficado abalados emocionalmente e energeticamente. Por isso sugeri às duas moças que fizéssemos uma oração pedindo proteção à noite que se aproximava, para que contássemos com a proteção do Altíssimo. Clara logo se animou e veio para meu lado, mas Eulália se recolheu, triste e amuada, como se achasse que não era suficientemente boa para merecer falar com Deus. Clara me disse:

– Calma... com o tempo ela aprende!

E começamos nossa oração. Um círculo de luz logo se formou à nossa volta, o que deixou a moça boquiaberta, e terminando a oração singela, eis que volta a nossa Olívia do meio das sombras, toca nos galhos que eu tinha recolhido, acende amistosa fogueirinha e encaminha-se para Eulália com um manto que me pareceu um tanto fino, de coloração marrom clara, e disse a ela:

– Tome... assim seu frio vai passar. Parece fino, mas esquenta bem... Escolhi dessa cor para que você possa disfarçar com a paisagem e ninguém o roube!

Ela olhou a menina embevecida com a luz azul clara que saía dela, e como ela sorrisse, sorriu também perguntando:

– És um anjo, não é?

Lembrei-me que Olívia não gostava que lhe chamassem de anjo, e fiquei esperando a resposta malcriada, mas ela respondeu com doçura:

– Não. Não sou anjo ainda... falta muito para isso! Mas, com a ajuda de Deus, quem sabe um dia, não é?

Pela primeira vez em quase cem anos de frio, Eulália dormiu aquecida, à beira de uma fogueirinha simpática, cercada por pessoas que não a julgavam. Fui o primeiro a acordar na madrugada seguinte e a encher a vasilha desbeiçada de água pura, esperando que Olívia estivesse disposta a "cozinhar" de novo, o que fez, sendo uma água para nós, e outra diferente para Eulália. O que tinha na de Eulália de diferente? Não sei... coisas de Olívia! O fato é que a moça acordou mais cedo, e o engraçado é que se sentiu dolorida e ficou cada vez mais agarrada com o manto, e só sentiu passar as dores depois que tomou a água que Olívia lhe deu. Longe dela, a menina nos segredou:

– É que finalmente ela começa a achar que merece um pouco de compaixão e não o castigo eterno. Sempre considerou que suas dores deviam ser ainda maiores do que eram, que deveria estar no fogo eterno do inferno, agora começa a notar que não é bem assim.

Olhei para ela meio aturdido: será? Será que alguém acreditaria merecer tamanha punição? Isso era por ter se matado? É certo que o suicídio acarreta muitos males, mas a punição eterna não é um deles! Olívia sussurrou no meu ouvido:

– Em uma pessoa há tantas diferentes histórias. Escute o resto da história dela, Ariel...

Vendo que intimidava um pouco a moça, Olívia recolheu-se novamente à sua árvore, que por incrível que possa parecer, da aparência seca e triste que tinha, já começava a dar certos sinais de viço! A menina deitou-se agora num de seus galhos que já parecia mais aveludado ao toque e eu sorri para ela, que parecia bem confortável onde estava, o abrigo grosso fazendo às vezes de colchão e travesseiro no alto do galho grosso. Agasalhada em seu manto marrom, Eulália tinha agora as faces mais coradas, embora o olhar ainda estivesse triste. Perguntei-lhe se nos contaria o resto de sua história, ela assentiu, e começou a contar:

– Pessoas que fazem o mal, esquecem que podem ser prejudicadas também... o padre tinha se apaixonado, e não era uma paixão juvenil, dessas que passam como o vento. Era a paixão de um homem de quase quarenta anos, por uma moça que ele julgava pura como uma santa! Seus olhares eram de veneração, e notando isso, sendo ele uma pessoa de prestígio dentro da diocese local, fiz da vida da irmã Lourdes um verdadeiro inferno. Primeiro parei de comer fora da presença do padre, inventando que ela me perturbava à noite, me ameaçava. Perdi logo alguns quilos, e com isso pude notar que além de não poder sequer me dirigir a palavra, a irmã, ao final de um mês, perdeu seu cargo de disciplinadora das noviças, sendo colocada bem longe delas, responsável apenas pelos suprimentos alimentícios do convento, sem autoridade nenhuma. Impossível descrever como eu e Antônia nos divertimos vendo o seu desespero: ela que já tinha perdido o amante, agora perdia o poder! Notando que eu estava por trás de alguma forma, mas sem nada poder fazer, a irmã Lourdes agoniava-se, mas esperava pelo momento de vingar-se.

Imaginei dentro de mim o perigo que seria quando semelhante mulher tivesse a chance de uma vingança, mas calei-me. Eulália continuou:

– O padre Giácomo, que estava comigo quase há seis meses, já tinha a confiança cega da irmã Fátima, boníssima, mas que já sentia cansaço de tanto ficar sentada por longas horas com o seu tricô. Aos poucos ela foi nos deixando um pouco mais a sós, e indo para a sala de costuras, que ficava apenas a duas salas de distância olhar as suas alunas e verificar os trabalhos delas, já que a escultura estava demorando para ficar pronta. Devo dizer que isso me assustou um pouco, não contava em ficar a sós com aquele homem, que apesar de tudo era extremamente gentil comigo. A forma de me olhar, aquela "adoração contida", me deixava muito nervosa. Estava acostumada com olhares de admiração, e mesmo de cobiça, mas às vezes, ele parecia alucinado.

Com pena da moça, Clara perguntou:

- Não tinha um jeito de sair desse "trabalho", Eulália? Você já estava meio apavorada, não?

Eulália a olhou com desânimo:

- Só se o padre me dispensasse. Mesmo quando eu me fazia de doente, o infeliz me punha para posar sentada perto dele, o que era ainda pior! Sem saber o que fazer, ficava imóvel, para que ele trabalhasse melhor, mas foi a irmã Fátima sair da sala pela segunda vez e ele aproximou-se a um metro de mim e disse: "nenhuma outra mulher jamais me afetou como a senhorita me afeta!". Um calafrio selvagem me desceu à espinha. Lá estava eu, pequena perto de um homem daquele tamanho, e bem consciente disso! E o que era pior, eu sabia que realmente o afetava! Responder o quê? Pensei em desatar a chorar, quem sabe assim o intimidasse, mas, para minha própria surpresa, me vi virando o rosto, e respondendo para ele em alto e bom som: "eu sei... é que Deus está falando com você!"

Achei que tinha ouvido errado:

- Como assim, "Deus estava falando com ele?". Não acho que as intenções dele contigo fossem puras e santas! - disse eu.

Eulália riu:

- Há que se lembrar da minha falta de fé, mas eu

sempre observei as inúmeras crendices de dentro do convento, os mitos dos santos, os milagres exagerados! Morria de rir das besteiras que os padres e as freiras diziam, mas sabia que muitos deles acreditavam nisso, como se a hóstia realmente fosse o corpo de Cristo e por aí vai... *nunca tive fé*! Vi na infância e na juventude, coisas horríveis demais para acreditar em qualquer coisa! Mas aquele padre Giácomo, que tinha cometido seus crimes horrorosos, da sua forma torta, tinha suas crendices! E quando eu disse aquilo, imediatamente ele recuou de susto, e me perguntou, pálido e boquiaberto, o que "Deus queria falar com ele?". Sem saber o que dizer, que a minha criatividade não ia tão longe, eu levei a mão à testa, e fingi um desmaio bem conveniente! Só me dei ao luxo de voltar a mim mesma quando ele foi chamar a irmã Fátima, que me encheu de comida, achando que eu não comera o suficiente de novo.

– E o padre Giácomo se comportou melhor dali por diante? – perguntou Clara.

Religiosos, às vezes, são também místicos. Mas aquilo a manteria segura?

Capítulo 15

Ação e reação

Quem realmente pode prever o futuro? Se soubéssemos de antemão o que nossas ações causariam, será que não pensaríamos duas vezes?

Eulália continuou:

– Ele ficou assustado... e eu fiz que de nada me lembrava! Nos dias seguintes me olhava entre desconfiado e temeroso, e eu, na mais pura candura, não demonstrava a ele medo nenhum, o que estava longe de não sentir. Já tinha o meu perfil de corpo praticamente todo esculpido, e agora fixava-se em minhas mãos, observando-as de perto, como se quisesse fixar os menores detalhes. Isso muito me incomodava, pois chegava cada vez mais perto de mim e tomava minhas mãos entre as suas, suadas e quentes, me causando uma repulsa sem nome. Justamente numa dessas situações, em que a irmã Fátima não estava na sala, entrou a irmã Lourdes e vendo a cena se fez pálida como a parede do convento, a perguntar o que estava havendo. O padre, apesar do susto, pois não a tinha visto entrar, respondeu que esculpia os detalhes das minhas mãos, e queria vê-las de perto, ao que a irmã revidou, dizendo que aquilo não era adequado. Ele respondeu que "as mãos de uma pessoa são tão únicas quanto o rosto dela!".

Ela ajeitou os cabelos num gesto feminino, relembrando seu passado:

– Feliz de vê-la amuada, enraivecida mesmo, eu disse a ela que "não havia maldade na arte, principalmente quando esta servia a Deus", e dei o mais puro dos sorrisos ao padre. Só Deus sabe o quanto me arrependeria disso! O homem exultou com a minha resposta, dizendo que ela era "uma mulher maldosa, que em tudo via pecado!" e que "devia se confessar mais vezes, quem sabe se mais orações não purificariam aquele coração de pedra!". Ao se ver assim atacada, a freira retirou-se com ares de fúria, certamente achando que eu tinha um caso com o padre Giácomo. E nada mais longe da verdade do que isto!

Olhei para ela um tanto penalizado e lhe disse:

– Não percebeu, criança, que poderia estimular o padre em suas perversões?

Ela me olhou entristecida, sob o sol de mormaço do umbral:

– Eu era jovem demais e tola, senhor! Tinha conseguido já escapar de algumas perseguições, achei que saberia me defender sempre, que não correria risco. E depois estávamos ali havia meses, e ele nunca tinha avançado sobre mim, era enfim um homem de classe alta, educado, não era um camponês qualquer que se atirava sobre as mulheres. E, se quisesse, mulheres no convento não lhe faltariam, a própria irmã Lourdes seria uma delas! Por que se arriscar comigo, que nada queria com ele?

Olhei para ela e pensei num homem de quase quarenta anos, educado sim, mas profundamente obcecado por ela, a ponto de não querer nada com outras mulheres... Não lhe disse nada, mas Clara, ouvindo meus pensamentos, concordou comigo imediatamente. Aquilo não ia terminar nada bem! Como nunca tinha se apaixonado, Eulália desconhecia a fúria de uma paixão. Ela continuou:

– A verdade é que ele ficou feliz com a minha defesa e a minha coragem de enfrentar a irmã Lourdes. Disse-me que eu tinha razão, que na arte nada é pecado! Só então eu notei a bobagem que eu tinha dito! Fui me retraindo aos poucos, tentando me emendar e dei graças a Deus quando a irmã Fátima finalmente entrou na sala, lépida e fagueira, dizendo que a irmã Lourdes tinha passado por ela como uma "jararaca" e dito que fosse "vigiar" a eles, que estavam sozinhos.

Ela sorriu, lembrando da cena, e disse:

– O padre ficou muito bravo, disse um monte de impropérios afirmando que não era menino para ser vigiado, e por aí foi. No final acabei indo para o dormitório, aonde Antônia chegou pouco depois, e eu contei tudo a ela, que riu muito, mas me deixou tranquila. Disse que o padre Giácomo, apesar de canalha, não era nenhum estuprador, e nunca a tinha atacado, ela é que tinha se apaixonado como uma tola.

Eulália suspirou, lembrando-se de tudo:

– Tranquilizei-me com aquilo... Já estava começando a ter pesadelos com o padre me atacando, e acordava banhada em suor frio. Mas o fato é que ele começou a, além de olhar minhas mãos de perto, se encostar cada vez mais em mim, o que me causava enorme desprazer. Às vezes mesmo com a irmã Fátima na sala, que sequer notava, para meu espanto! Foi então que comecei a ter "visões".

– Visões? – perguntou Clara, franzindo a testa.

Eulália riu-se:

– Não visões de verdade, senhora! Estou longe de ser uma criatura iluminada, como bem sabe! Mas contavam no convento a história de santos e crianças que tinham visões abençoadas, e um dia, inspirada – Deus sabe pelo quê– olhei para cima da cabeça de irmã Fátima e verti lágrimas grossas. É preciso que se diga, sempre tive uma facilidade terrível para chorar quando queria, lágrimas bem "verdadeiras"!

Divertida, e já imaginando alguma traquinagem, Clara perguntou:

– E o que você queria com tantas "lágrimas", mocinha?

Eulália colocou a mãozinha no queixo, e respondeu:

– Fazer com que o padre parasse de tentar ficar encostando em mim! Ao ver-me em pranto silencioso, é claro que o padre perguntou o motivo, ao que eu respondi que estava vendo "um anjo de luz" bem acima da irmã Fátima. Crendo-me meio "santa", podia ser que me respeitasse mais!

- E funcionou? - perguntei.

- Bom, nem tanto! A pobre freira, que estava também interessada nas minhas lágrimas, quase caiu da cadeira quando eu disse isso, levantando-se imediatamente e olhando em volta, doida para ver o tal anjo. Como eu continuasse no choro, o padre me perguntou se ele dizia algo, ao que eu inventei: "não... só olha para ela de forma triste!". E continuei no choro, dizendo que ele já tinha ido embora e pedindo que eles nada contassem do que tinha acontecido por ali. Não queria, de forma nenhuma, que alguém soubesse. Imagine ter uma farsa desmascarada!

Clara olhou para ela um tanto brava:

- Tinha que mexer justo com a irmã Fátima, Eulália, que era bondosa contigo?

- Na verdade, senhora, eu jamais imaginei motivos para deixar a irmã Fátima triste! Ela foi uma das almas mais puras que eu já conheci! Mas, ao ouvir falar do radioso anjo que olhava para ela de forma triste, ela ficou transtornada, e começou a chorar convulsivamente! Foi a cena mais triste que já vi em toda a minha vida, aquela senhora tão amada, a soluçar sem remédio, sentada no chão da sala, a dizer coisas desconexas como: "achei que tinha sido perdoada! Me confessei, fiz todas as orações, penitências! Agora sei que o que fiz não tem perdão... Eu sabia que não tinha perdão!"

Tive muita pena da irmã Fátima, que como todos nós deve ter tido um episódio na vida do qual se arrependia, e agora podia se achar condenada! Eulália lembrava-se tristemente da cena:

– Fiquei a pensar no que podia ter feito semelhante criatura, que nunca reclamava de nada, tratando a todos com bondade e ternura, trabalhando sem cessar pelo bem ao próximo! Disse a ela: "irmã, se a senhora não vai para o céu, o resto da humanidade está condenada ao inferno!" Ao que eu disse isso, ela me olhou: "por mais bem que eu faça, filha, nada apaga o passado! Seu anjo veio me dizer isso...". Que vontade me deu de dizer que era tudo invenção, mas não podia! Como ia ter adivinhado algum crime em semelhante criatura? Fui lhe buscar um copo de água, que ela tomou, agradecendo-me, e no dia seguinte não retomamos a escultura, pois a irmã Fátima não se sentia bem. E assim foi, mesmo comigo visitando-a. Até que uma semana depois, chegando em seu leito, eu notei que ela havia falecido: tinha parado de comer e beber água desde o advento da minha "visão". Não se achava digna de viver.

Vimo-la então pálida e triste, debaixo do abrigo marrom que Olívia tinha lhe trazido. Que triste infortúnio a passagem de tão boa criatura! Eulália encarava o chão, sem coragem de nos olhar, mas continuou:

– Por isso a irmã Lourdes me chama de assassina, e com razão. Por que fui inventar visão tão desarrazoada? Quando eu ia imaginar que um anjo em lágrimas afetaria a minha amada irmã Fátima? Eu descobriria logo. Na noite seguinte da morte da freira, já tarde da noite, a irmã Lourdes adentrou o dormitório, parando em frente minha cama e ordenando que eu a seguisse. Fomos até o refeitório, deserto naquele horário, e perguntou-me se eu estava satisfeita, pois com uma de minhas invencionices eu tinha levado à morte uma freira tão boa. Retruquei dizendo que não sabia como uma "visão de um anjo" podia ter causado tão grande estrago, ainda mais numa alma tão pura como a dela. Ela riu-se... Um riso amargo como o fel. Olhando-me com uma maldade difícil de descrever, me disse o seguinte: "gente jovem pode ser muito tola realmente. Também tenho apenas vinte e seis anos, mas já ouvi muitas histórias aqui. Sabe o que a irmã Fátima fazia há uns bons vinte anos, e fez por um bom tempo? Foi enfermeira neste convento. Acha que as suas colegas foram as primeiras a perder a cabeça, dentro desta instituição? A irmã, apesar de ser tão doce, sempre soube que tinha que proteger o convento, afinal, para onde iriam as almas que acolhemos todos os anos? E os serviços de caridade prestados?".

Tentei imaginar a culpa que carregava a pobre irmã Fátima, e o que a visão de um anjo em lágrimas pode ter causado nela. Sabe-se lá o que viu, ou mesmo fez, obrigada ou não, em seus tempos de enfermeira e a culpa que carregava.

Disse a Eulália:

– Mesmo pessoas de índole bondosa como a da irmã Fátima podem ser manipuladas, Eulália. Talvez não tivesse para onde ir, ou quisesse realmente proteger a instituição, ou fosse tímida demais para protestar. Quem sabe? – disse-lhe.

– Lembrei-me do olhar dela quando falei no anjo, do pavor e do pesar que vi em seu rosto, e só então comecei a tentar entender. Soubesse eu de semelhante fato jamais teria dito tal coisa. Há quanto tempo faziam tais absurdos no convento? Sabedora de sua bondade natural, imaginei os anos de sofrimento que devia ter passado e me calei. Deixei que a irmã Lourdes falasse o que quisesse, não me afetava mesmo, e prometi não afetar ninguém mais em minha vingança no futuro.

Clara olhava a cena entristecida, e disse-lhe:

– De qualquer forma, minha querida criança, ela acabou no mínimo sendo cúmplice de fatos muito questionáveis, e isso pesa na consciência. Não se culpe por isso, você não matou ninguém! Por acaso a obrigou a fazer algo de errado? E o padre, como se comportou?

Ela ponderou as palavras de Clara, e pela primeira vez refletiu que, de fato, não tinha mesmo toda essa culpa na morte da irmã. Com isso, respondeu de forma calma:

– Para minha surpresa o padre Giácomo me chamou para voltar a posar no dia seguinte, me olhando muito desconfiado, acreditando piamente nas minhas "visões". É claro, pois, se a freira tinha se influenciado de tal forma que tinha morrido, a chance da visão ser verdadeira era grande! Notou os meus olhos vermelhos de chorar, disse que eu não me culpasse por aquilo, que "o Senhor tinha caminhos misteriosos...", e que devíamos voltar à obra. Terminava a forma das minhas mãos na estátua, depois faria os meus pés e finalmente o meu rosto. O resto do corpo estava lindamente esculpido: minha fina cintura, o busto modelado, os cabelos com longos cachos até a cintura, parte dos braços aparecendo e os bichinhos ao lado: uma corça, um coelho, duas pombas e um lobo. O lobo tinha ficado magnífico, parecendo mais um imenso cão de guarda de Santa Clara; ao mesmo tempo em que parecia amistoso pela expressão, era ameaçador pelo tamanho. O engraçado é que uma das pombas estava tranquilamente em cima do pescoço do lobo, sem medo algum.

- Gostaria de ter visto essa escultura! - disse Clara.

Eulália riu-se:

- O padre Giácomo realmente tinha talento. Os traços eram suaves, e ele trabalhava na minha figura apenas quando eu estava presente, os animais e o resto ele fazia na minha ausência. Mas não preciso dizer o quanto fiquei preocupada quando notei que ninguém veio substituir a irmã Fátima... Notei logo que durante o período em que ela esteve delirando foi revelado o "segredo" da minha "visão", o que num convento vira logo um assunto e tanto! Uma freira veio, trouxe o lanche e logo se retirou, e eu fiquei olhando um bom tempo para a porta, imaginando se não entraria alguém para ficar conosco novamente. Lá pelo final da tarde o padre Giácomo me deu um sorriso e disse: "Notou que não temos companhia?". Eu assenti, e ele riu-se dizendo: "Já que a irmã Fátima ficou tão impressionada com a visão, a madre superiora me disse que estava complicado outra querer vir ficar aqui, e eu me ressenti, afinal, depois de tantos meses juntos eu já não merecia confiança? Afinal, eu sou um padre!". Com isso, ele me informou que ficaríamos sozinhos dali por diante, e, para evitar qualquer falatório, apenas deixaríamos a porta semiaberta.

Fiquei triste por ela: o tiro tinha saído pela culatra. As outras freiras, acreditando na "visão", tinham medo de que ela visse seus "pecados desvendados", e não queriam que isso acontecesse; para isso, ficavam longe dela! Tinha tentado se proteger com a "visão", e agora estava mais exposta do que nunca aos desejos do padre. Observei no rosto dela um lampejo de ódio, ao se lembrar da cena:

– Que triste é ser pobre, mulher e desvalida! Inútil dizer como me senti encurralada, pois sabia bem que a qualquer momento ele poderia muito bem fechar aquela porta por um motivo qualquer e nada seria feito. Tornei-me o mais fechada possível, atendendo às suas ordens enquanto ele tomava de minhas mãos, aspirava o cheiro de meus cabelos e eu me encolhia, pensando desesperadamente no que fazer. Foi quando ele começou a trabalhar em meus pés e aproximou-se de tal forma das minhas pernas, que me senti firmemente incomodada. Pensava já em uma maneira de fugir do convento, escapar-me dali, tão grande era o asco que me consumia toda vez que ele me tocava nos tornozelos. Pudesse eu lhe dar um bom chute e correr dali, era o que faria! Mas o medo que ele reagisse e me pegasse à força, era ainda maior...

– Sentia que corria esse risco, Eulália? – perguntei.

– Algo em mim dizia que sim. Era como se eu estivesse brincando com fogo por muito tempo, ainda que fosse obrigada a brincar com ele! Não sabia mais o que fazer, já me sentia culpada pelas meninas, por não as ter alertado, e pela irmã Fátima, tão querida! Mas não via como fazer para me vingar daquele padre que tanta desgraça tinha causado. Ele tinha ficado atraído por mim, isso era óbvio, eu tinha infernizado a vida da irmã

Lourdes, isso era fato, mas prejudicá-lo mesmo, como? Eu não tinha a menor ideia. E não queria, de forma nenhuma, deitar-me com ele! Ficar sozinha com o padre não estava em meus planos, e eu tinha medo, pois ele estava ficando cada vez mais atrevido.

- Ele não notava o seu nojo? - perguntou Clara

Eulália deu um suspiro em desalento:

- Era vaidoso demais para achar que qualquer mulher teria nojo dele! E justo eu, que nunca gostei de nenhum contato físico, que sempre tive horror a qualquer homem que me tocasse! Foi ficando inevitável que a cada vez que ele se aproximasse demais, eu chorasse. Eu chorava de raiva e impotência, me retraía sentada em meu banco alto, e ele começou a ficar de cenho franzido, sem saber o que fazer. Acho que não tinha passado antes por tamanha rejeição.

- Ficou zangado contigo? - perguntou Clara.

- De início, achou que eu estivesse muito triste, pela perda da irmã Fátima. Orgulhoso demais para achar que era repulsa! Mas com o tempo, foi se conscientizando de que não podia ser só isso... encarava-me a menos de um palmo do meu rosto, perguntava se eu estava tendo mais alguma visão, e eu baixava a vista e nada respondia, cansada demais daquela situação. À noite, em sonhos, via as noviças que tinham morrido a me pedir que o seduzisse e o abandonasse, para que ele ficasse em desespero. Adoraria vê-lo em desespero, mas me deitar com ele, nunca! Isso ia além das minhas forças! Já bastava o toque daqueles dedos quentes e suados em meus tornozelos com a desculpa de desenhar melhor os meus pés! Ele, notando o meu afastamento, foi ficando cada vez mais aborrecido, deixou a barba grossa por crescer, não me dava mais sorrisos amigáveis, e falava comigo o mínimo possível. Sentia-se rejeitado, pois antes da morte da irmã Fátima, eu era acessível e até meiga com ele, agora, sozinha com ele dentro daquela sala enorme, o tratava com frieza e distância por causa do perigo que sentia com a situação de estar a sós. Não podia mais me dar ao desfrute de ser gentil, estando sem proteção na sala!

Entendi, é claro, o ponto de vista de Eulália, mas tentei vislumbrar o que podia se passar pela cabeça do padre Giácomo: loucamente apaixonado pela moça, que antes o tratava com doçura, ele que, ao que parece, não sofria rejeições, finalmente encontra um jeito de ficar a sós com ela, depois de mais de seis meses "rondando-a" pacientemente. A paixão crescendo com isso, represada, diariamente. E então a moça começa a tratá-lo de forma fria, demonstrando aversão e lágrimas a todo momento. Eulália não notou, mas já se vingava! O padre devia estar em desespero!

– Se eu tivesse fé, eu rezaria, mas nunca tive! Sentia a animosidade do padre Giácomo, que parecia, entre outras coisas, estar emagrecendo. Eu não me dirigia a ele, apenas sentava, triste e cheia de medo, no banco alto, para que ele terminasse a escultura.

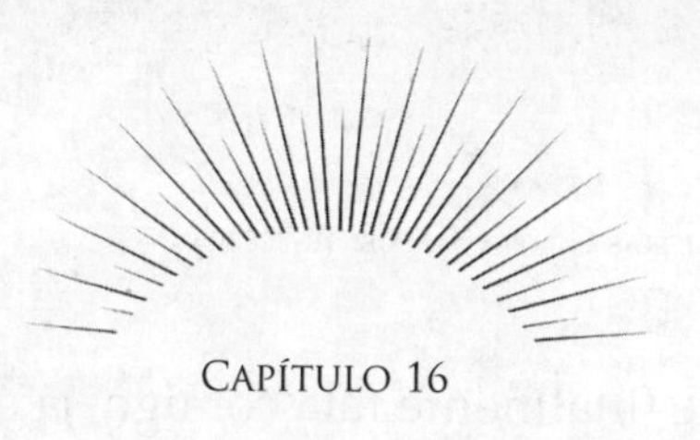

Capítulo 16

As garras de um lobo ensandecido

A verdade é que quando se planeja uma vingança, nunca se tem a certeza do que realmente pode acontecer. Por mais bem feito que seja o plano, uma hora parece que ele ganha asas, e voa para onde quer. E foi assim que Eulália começou a se sentir...

– Um dia cheguei à sala e ele já estava lá, com um cálice de vinho em cima da mesa. Cumprimentei-o e me dirigi para o meu banco, e só então notei, mesmo a uma certa distância, os olhos vermelhos, a barba grossa por fazer quase a fechar o rosto, a palidez excessiva. Parecia não ter dormido. Com esperança de talvez ser dispensada, perguntei-lhe: "Não se sente bem, padre? Talvez seja melhor o senhor descansar hoje...". Ele levantou-se um tanto inseguro nos passos, mas logo se reergueu, e me disse numa voz meio arrastada: "de forma alguma...

Que bom que finalmente fala comigo, já estava achando que tinha feito voto de silêncio!". Estava amargo, agressivo como eu nunca tinha visto.

Ela torcia as mãos, lembrando-se da cena:

– Abaixei os olhos e fiquei calada, era a única defesa que tinha, que mais poderia fazer? Rápido, como eu nunca achei que fosse, ele se dirigiu para a porta e a trancou silenciosamente, me olhando com um meio sorriso no rosto, e então me disse: "precisamos conversar um pouco, Eulália, e não quero que ninguém nos interrompa!".

Ela suspirou, os olhos estavam vazios, as mãos muito brancas em cima do colo:

– Foi a primeira vez que desejei com todas as forças que a irmã Lourdes aparecesse. Impossível dizer do medo que se apossou de mim... temi tanto que aquilo acontecesse, mesmo sabendo que ele nunca havia atacado nenhuma das noviças! Pensei em gritar, em correr, mas o pavor era tanto que eu apenas o olhei, direto nos olhos, ele guardando a chave da porta nos bolsos da batina, e vindo em minha direção. Cada músculo do meu corpo tremia por dentro, mas eu não daria a ele o gosto de ver isso!

Olhei para ela com pena, mas perguntei:

– Você não podia ter gritado, Eulália? É certo que não adiantaria correr, já que ele tinha a chave, mas se gritasse, ele não se deteria?

Ela sorriu tristemente e olhou para o chão arenoso, envolvida no manto que Olívia tinha lhe dado:

– Como fazer um homem entender isso? Eu devia

pesar uns quarenta e cinco quilos, e ele pesava fácil pelo menos cento e dez. Imenso, alto. Era a última sala de um prédio construído de pedras, e uma grossa porta de madeira maciça, ouviriam os que estavam perto, mas as mais próximas eram as meninas da sala de costura, que ficavam a duas salas de distância, fora da residência dos padres. Logo, eu podia gritar o quanto quisesse, e ele sabia disso. Minha única "segurança" era a porta entreaberta. E essa estava vedada agora.

Ela suspirou, continuando a olhar para o chão, entristecida e um tanto apática, continuando sua narrativa:

– Chegou mais perto e retirou de mim o manto que cobria os meus cabelos, fazendo com que o sol refletisse neles, tocando nos cachos, em cada um deles, causando em mim uma revolta sem fim! Gostava tanto de meus cabelos longos, nunca mais eles seriam os mesmos! Empalideci de ódio, mas não me mexi um centímetro... Eu temia que se me mexesse, ele tentasse ir mais além, tinha a esperança de que me deixasse em paz, mas qual! Depois de me tocar daquela forma, ele me disse do amor que sentia, que estava disposto a deixar a Igreja e se casar comigo, formar família, ter filhos. Que um amor tão grande não podia deixar de ser abençoado. Eu sabia que ele nunca tinha dito nada disso às noviças, dizia a elas apenas coisas tolas e fúteis, jamais prometia casamento, nem falava de amor. Não gostei nada daquilo, pois senti que o perigo era grande, e me rodeava como uma cortina de fumaça!

Ela levantou-se, olhou ao longe, baixou a cabeça, envergonhada:

– Minha infância já tinha sido pavorosa, aos oito anos eu já tinha sofrido um ataque de meu pai, que só não o levou a termo por conta de minha mãe ter aparecido antes que ele o consumasse! Depois disso minha família sempre me viu como um estorvo, um incômodo que devia ser evitado: "bonita demais!", era o que diziam de mim, e assim eu fui sendo posta de lado, evitada por toda a família. Agora ali estava aquele senhor, a querer apalpar o meu corpo. Como resposta à sua proposta só pude dizer: "Eu vim para servir a Deus, padre. Não posso ser de homem algum!".

– E como ele reagiu, Eulália? – perguntei, já temeroso da resposta.

– Ele me olhou não acreditando no que estava ouvindo, colocou as mãos nos olhos, esfregou o rosto, voltou à mesa, encheu o cálice e tomou outra generosa taça de vinho. Depois deu uma risada fraca, e disse que eu pensava assim por não conhecer o amor entre um homem e uma mulher, e que ele me mostraria que não há coisa mais bela. E que então, nós dois sairíamos do convento, e eu seria sua esposa! A partir daí, a cena foi horrível. Minha túnica de seda ficou rasgada, o infeliz arrastou-me para o solo e, embora eu tenha lutado, gritado e chorado, nada, nem ninguém apareceu, como eu suspeitava que aconteceria. As paredes de pedra e as portas de madeira maciça do convento fizeram o seu papel de silenciar meus pedidos de socorro, e eu sofri o inferno por, pelo menos, uma hora. Depois de alguns minutos, cheia de dor, resolvi não protestar mais, pois tive medo de ser morta: aquilo tinha que passar em algum momento! Naquele momento, finalmente entendi o horror do crime de estupro, a impossibilidade de ação da vítima, a humilhação imposta, o medo da morte!

Ela torcia as mãos novamente ao se lembrar da horrível cena:

– Demorou uma eternidade em que sentimentos de nojo, fúria, humilhação e dor se revezavam de forma contínua. Ao final, ele se cansou e deitou-se do meu lado. Extremamente dolorida, sentindo o cheiro de vinho avinagrado nos meus cabelos e a minha pele do rosto arranhada pela barba malfeita, além de outras dores insuportáveis, notei que sangrava, em virtude da minha virgindade perdida de forma tão violenta! Nessa hora percebi que estava nua, e aproveitei que ele dormia tranquilamente para tentar achar o meu hábito de noviça e me lavar na pia.

Ela tinha o olhar ainda vazio, quando nos contava isso. Que ato atroz o estupro, que violência sem nome!

– E foi então que aconteceu: em cima da pia havia um espelho, em que eu, vaidosa, gostava de me olhar e me arrumar para ir posar. Olhava-me agora: o rosto arranhado, os cabelos em desalinho, os olhos verdes vermelhos de choro... Não era mais o rosto de uma moça orgulhosa, que achava que tinha um futuro fora do convento, que podia vingar as amigas! Não, era o rosto de uma moça que tinha nojo de si mesma, nua, sangue escorrendo pelas pernas, desonrada, e que mal podia andar de tanta dor! Que beleza havia naquilo? Meus cabelos, que eu via antes tão lindos e puros, eu via agora no espelho como se estivessem cobertos de feio lodo! Não os queria mais, estavam sujos! Olhando em volta peguei de uma tesoura afiada que estava numa pequena oficina dentro da sala e comecei a cortá-los, mechas louras caíam pelo chão e eu me afastava delas, com medo que me contaminassem! Joguei água pelo meu rosto, pelo meu corpo, vesti meu hábito de noviça, mas não parecia estar limpa, tudo em meu corpo me coçava insuportavelmente!

Pensei na loucura de certos traumas que, às vezes, atravessam a morte! Eis ali retratado o motivo da menina ainda se coçar tanto, a ponto de se ferir, com a areia grossa do rio: sentia-se ainda suja, conspurcada pelo ato do estupro, em necessidade de se manter sempre limpa... notei as mãos brancas se crispando num abrir e fechar de dedos, como se quisesse evitar de se coçar novamente, até quase arrancar a pele! Ela continuou a contar seu momento de infortúnio:

– O desespero tomou conta de mim, enquanto o nefasto padre Giácomo dormia o sono dos justos, já que ao que parece, tinha ficado sem dormir a noite toda. Arregacei as mangas do hábito e quase rasguei a pele, de tanto enfiar as unhas nela, tentando passar o incômodo da coceira, mas nada adiantava! Enlouquecida e trancada, vomitei a não mais poder, atormentada pelas dores, pelas sensações horríveis do estupro, pelo asco, e só então eu pensei: e se eu tivesse ficado grávida? Lembrei-me do fim triste de minhas amigas, não queria aquilo para mim! Quem me garante que aquele padre, agora que já tinha conseguido o que queria, realmente ficaria comigo? E se ficasse, não seria ainda pior? Assim, desesperada, olhei a afiada tesoura e não pensei duas vezes: cortei minha garganta de um lado a outro. Não queria mais nada daquilo. Viver tinha se tornado horrível demais.

– Achava que tudo acabaria, não é mesmo? – perguntou Olívia.

– Sim, sinceramente, no meu desespero, eu quis que a dor cessasse – respondeu Eulália.

– E cessou?

Ela olhou a menina com os olhos molhados de lágrimas:

– Não... eu não sou merecedora de que essa dor passe.

Capítulo 17

O amargo despertar

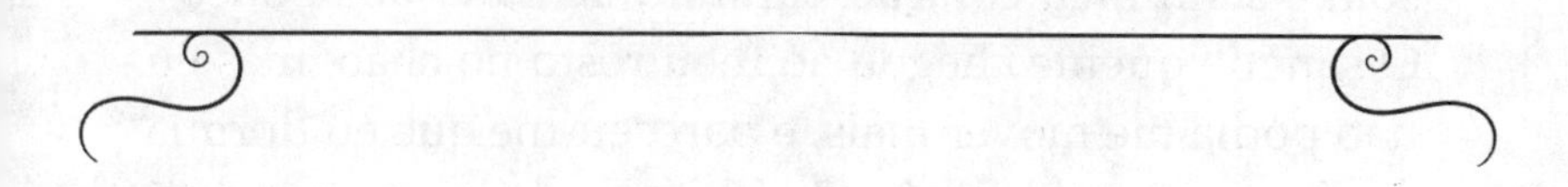

O som da pergunta de Olívia ecoou nos meus ouvidos: "achava que tudo acabaria?". Não é essa a esperança vã da maioria dos suicidas? Da maioria sim, porque nem todos os suicidas acham que tudo acaba, alguns, por incrível que possa parecer, sabem da continuidade no mundo espiritual e optam por ele, o que não era o caso de Eulália. Ouvindo a pergunta de Olívia, ela encarou a menina a quem considerava um anjo de Deus, e respondeu:

– Nunca tinha visto um anjo antes, não tinha a menor ideia que houvesse vida depois da morte e que o inferno realmente existisse. A morte é uma coisa pavorosa, sabia? Nunca imaginei que sentiria o que senti... Achei que cairia num vazio, e que desapareceria. Não foi assim que aconteceu!

Curioso, pois cada suicida desencarnava a seu próprio modo, perguntei-lhe:

– E como foi a sua morte, Eulália?

Um esgar de dor tomou o belo rosto, que pálido nos contou:

– Em desespero cortei minha garganta, numa rapidez extrema e num corte profundo, por me sentir de tal forma imunda, que não podia mais ser limpa! Uma dor aguda, seguida por uma queimação forte, minha vista foi escurecendo rapidamente, até que eu tombei ao solo e senti meu coração parando de bater aos poucos. O sangue quente chegou ao meu rosto no chão, mas eu não podia me mover mais, e pareceu-me que eu dormia num sono rápido, profundo e sem sonhos, que imaginei finalmente ser a morte. Mas qual! Acordei pouco tempo depois com os gritos sufocados do padre Giácomo, que finalmente despertava e dava com o meu cadáver perto dele, encharcado em sangue! Sem poder me mexer e de olhos abertos, presa ainda ao meu corpo, tive que suportar seu abraço e suas lágrimas grossas, enquanto ele tentava me limpar e recolhia os meus cabelos jogados pelo chão. Imaginei-me em terrível pesadelo, pois se antes podia ao menos tentar correr, agora via-me ali, presa àqueles braços que antes tinham me violado, e que agora queriam me prender para sempre! Passava a toalha pelo meu rosto, chamava-me de "amor de sua vida". Em profundo desespero abraçava-se comigo e assim ficou, por longas horas, até que bateram à porta, que ele não abriu, passando comigo mais uma noite em pranto. No dia seguinte, finalmente, a porta foi aberta por um ferreiro, e, ao entrar, deram com a triste cena, o padre abraçado ao meu cadáver.

Tentei imaginar a cena, um padre abraçado a um cadáver ensanguentado de uma noviça com a garganta cortada. Era um escândalo e tanto! Uma forma de suicídio difícil de se ver. O padre certamente ficaria com a fama de assassino!

Eulália continuou:

– Mesmo com as pessoas entrando e dando com aquela cena horrível, o padre Giácomo não quis me deixar, o que me causava um desespero sem fim, além da sede que eu sentia! Era confuso... Eu estava morta, por que a sede? Ouvi os burburinhos, os comentários e, o mais incrível, o pensamento das pessoas! Dentre elas o da irmã Lourdes, que me olhava com ódio, me culpando da louca paixão que o padre sentia, e ainda acreditava piamente que ele tinha me assassinado. Ela pensava: "tanto provocou, que o pobre perdeu a cabeça!". Outros sacerdotes foram chamados da paróquia da cidade para que o padre consentisse em me deixar em paz para ser enterrada. E só com a chegada dos outros religiosos, ele me deixou partir. Daí em diante, as freiras finalmente fecharam meus olhos e eu nada mais vi. O cheiro de sangue foi sumindo e eu intuí que estava finalmente sendo lavada; o estupro foi descoberto e comentado, assim como as outras marcas no meu corpo que o louco tinha deixado, e eu ouvi algumas freiras de bom coração chorando por mim. Mas o pior ainda estava por vir...

– Mas o que poderia ser ainda pior, Eulália? – perguntou Clara.

– Ouvi claramente quando a madre superiora entrou na sala e disse que não me enterrariam no cemitério do convento, pois não podiam me enterrar em campo santo, já que o padre afirmava que eu tinha me suicidado porque tinha enlouquecido. Tudo por causa de minhas "visões" que tinham causado a morte de irmã Fátima! Por mais descrente que eu fosse, tinha um medo insano de morrer e ser enterrada sem os sacramentos... teria eu um enterro digno? Orariam por mim? Todos diziam que esse era o caminho mais curto para o inferno! E se tivessem razão? Não tinha tido uma vida virtuosa! Seria esse o meu fim?

Pensei nos materialistas que tinha conhecido e que tinham ficado por um certo tempo presos ao corpo, já que acreditavam que com a morte tudo terminava e que a matéria era tudo que existia. Claro que com eles a teimosia acabava passando com o tempo e eles se desligavam, presos a um castigo que eles mesmos se impunham pelo seu próprio orgulho e vaidade, mas a posição de Eulália era aterradora: mesmo sem fé tinha adquirido alguns "medos" do ambiente em que vivia, entre eles o da condenação eterna, sem saber da existência de um Deus que é amor e acolhe Seus filhos perdoando sempre desde que haja arrependimento sincero.

Pobre moça! Vendo-se agora, suicida num ato de puro desespero, cheia de culpa, e ainda enterrada fora de um "campo santo", a vida terrena que já fora de sofrimento parecia um paraíso perto do que lhe esperava! O Deus que tinham lhe mostrado era um ser perverso e vingativo, o Evangelho do Cristo tinha sido distorcido ou nunca demonstrado. Que consolo tinha tido a menina até então? Olhei para ela com uma piedade infinita! Ela continuou:

– Com horror fui posta num caixão pobre de tábuas e enterrada sem demora fora dos muros do convento. Não oraram por mim, fui uma excluída até na hora de minha morte! Fiquei no frio e no escuro, com um medo que nunca tinha sentido, por uns bons dias que pareceram anos, tentando dormir um sonho que não vinha, testemunhando a decomposição de meu corpo. Queria chamar por Deus, mas O temia! Quando finalmente, depois de muito tempo, consegui dormir, acordei em lugar nebuloso onde gritavam para mim "suicida! Suicida!". Apesar de assustada, dei-me por feliz de estar fora do caixão e caminhei por um chão lodoso e sujo. A garganta me ardia e a sede era intensa, e, apesar de mãos desconhecidas quererem me segurar a todo custo, eu avistei finalmente um riacho com um pouco de lodo por cima, e me encaminhei para ele, desesperada por água, suja que fosse, mas água! Seres continuavam a tentar me segurar, aos gritos de "suicida! Assassina!", mas eu não me importei e respondi, com a garganta quase sem voz: "se estão aqui, não estão sem pecado!". E eles riram da minha rouquidão... caçoavam!

Olhei para ela e finalmente vi o fino corte abaixo do queixo, indo de uma orelha a outra, numa cicatriz fina e branca, imperceptível. Cicatriz como resultado de uma ação feita num momento de puro desespero e loucura, o suicídio dela não tinha sido feito em condições normais e nem premeditadas. Talvez por isso, a marca tenha sido tão pequena e insignificante. Eu já tinha visto marcas de suicidas bem piores!

– Eu não ia ficar aceitando que me julgassem, nem

que me tocassem mais! - disse Eulália. - Separei-me deles, que rissem o quanto quisessem, não havia muros ali, eu chegaria ao riacho! E cheguei! Por baixo do lodo havia uma água limpa, e eu finalmente me lavei, dei-me conta então de que estava com esse camisolão de algodão grosso, que nem com meu hábito de noviça tinham me enterrado. Paciência! O local onde eu estava cheirava insuportavelmente mal, pessoas numa autopunição profunda, feias, sujas, atormentadas... Perguntei a um homem de idade que estava sentado ao meu lado em que lugar estávamos e ele me respondeu que eu estava no Vale dos Suicidas.

Seres de energia parecida se atraem, embora nem sempre se complementem. Provavelmente o desespero dela atraiu-a para outros com sentimentos parecidos. Ela continuou:

- Não posso dizer da angústia que tomou o meu coração. Então era para este lugar escuro, de sol acinzentado, que iam os desesperados como eu? E eram tantos! Alguns bem-vestidos, outros miseráveis, uns afundados em lodo, outros gargalhando furiosamente, ou ainda em choro convulso. Parecia mais um asilo de loucos e senti que enlouqueceria se ali ficasse! Era um lugar gigantesco, mas devia ter como sair dali, e eu perguntei àquele senhor como se fazia para ir embora, ao que ele me respondeu rindo um pouco: "a moça pode tentar...". Notei então que ele tinha a cabeça bastante machucada, provavelmente a causa de sua morte, e me afastei dele. O sol cinzento por conta das nuvens espessas que não causavam chuva e sim uma espécie de mormaço, tornavam o dia um pouco mais longo que o habitual, e eu sentia sede sempre. Então, resolvi seguir o rio, para poder assim, ao menos, saciar a sede e resolver o problema da coceira que ainda me tomava o corpo inteiro e que não tinha passado com a morte. Por quanto tempo segui o rio? Não sei... mas sei que, um dia, vi ao longe um espectro de homem que vinha em minha direção. Estava magro, com uma barba longa, e a batina de padre. Estremeci ao vê-lo, pois estava sujo, e era grande o número de espectros à sua volta. Chamou-me então: "Eulália... Eulália... preciso falar contigo!".

– Era o padre Giácomo? Junto dos suicidas? – perguntou Clara.

Eulália deu um sorriso amargo:

– Era. Minha garganta já tinha se recuperado e eu falava com perfeição, embora a sede ainda fosse frequente. Assim que o vi tive um pouco de medo, mas depois caí em mim, lembrando que ali ele não possuía nenhuma autoridade e nem poderia me obrigar a nada. Finalmente éramos iguais em poder, e me ergui, vendo aquele homem chegar envolto em sombras que pareciam atormentá-lo sem descanso. Chegando a poucos passos de mim, ele me olhou como que encantado, e disse: "ainda mais bela do que eu me lembrava! Por que me deixou, Eulália? Eu ia me casar contigo!". Fúria terrível me tomou o ser e eu respondi: "eu nunca quis me casar contigo, sujeito asqueroso! Estuprador nojento! Enlouqueceu-me de tanto asco, e eu acabei me matando de desespero!".

Tentei imaginar os sentimentos dela, ao ver seu

carrasco agora finalmente em igualdade de condições. Fazia uma vaga ideia do que seriam as sombras que o seguiam, geralmente eram vítimas que agora queriam vingança pelo mal causado. Eulália pelo menos não tinha ninguém a atormentando ainda; seguia o seu caminho à beira do riacho, com sua sede constante, mas ia só. Eulália continuou:

– Era uma sombra do homem vaidoso que mandava no convento! Os trajes sacerdotais em farrapos, as mãos sujas de lodo, o rosto meio roxo, convulsionado, ainda assim olhou-me com uma tristeza infinita, enquanto em volta dele gritavam, como haviam gritado para mim: "suicida! Suicida!". Só então notei, agora mais de perto, um laço de corda grossa que lhe envolvia o pescoço. "Vitória, finalmente!", pensei. Então, se matou? E por que se matou o padre Giácomo, o sedutor de tantas noviças e freiras, que amargaram a desgraça por sua causa? O que fez um padre, tão temente a Deus, cometer tão terrível ato perante os seus, enforcando-se? Seu tio bispo finalmente conheceu suas 'aventuras' e o puniu?

Aconchegou-se Eulália no manto de Olívia e nos sorriu o sorriso mais triste que eu já tinha visto:

– Atormentado pelos espectros, estes finalmente pareceram lhe dar um pouco de paz e se afastaram, e ele sentou ao chão para me responder com a voz um tanto enrouquecida, fruto talvez da corda da forca que ainda lhe causava impressão nítida mesmo depois da morte física: "És tão bela, quanto tola, mulher! Meu tio bispo sempre teve suas amantes, e cuidou muito bem delas e dos filhos que quis manter. É um homem de família riquíssima, e se eu quisesse ter algum filho, ele me apoiaria de alguma forma. Fui eu que não pretendia ter filhos, ou laços de forma nenhuma! Não queria nenhum filho meu sendo apontado como 'filho do padre'! Nunca desejei me prender a nada nem a ninguém até que lhe conheci". Insistia em me declarar amor, justo ele, a pessoa que eu mais tinha odiado em vida. "Mas por que se matou então? Tinha uma boa vida, tudo o que um homem na sua posição poderia desejar... Não continue com essa cantilena absurda de me amar, o senhor sempre foi um egoísta, nunca amou nada além de si mesmo!".

Será? - pensei eu - que ele nunca tinha amado nada além dele mesmo?

Capítulo 18

O preço da sedução

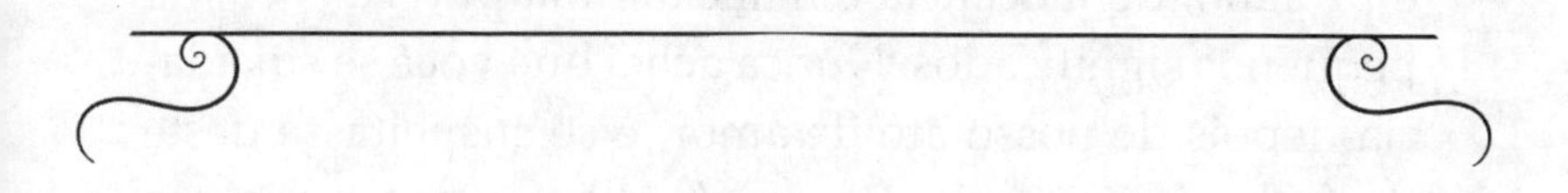

Eu mesmo, tendo sido homem em minhas últimas encarnações, achava o padre um ser humano desprezível em seu comportamento com as mulheres. Covarde e mesquinho, tinha feito a ruína emocional delas, empurrando-as inclusive a um risco de morte com a gravidez dentro do convento. Tinha causado tanta dor, espalhado tanta miséria, que difícil seria escapar incólume. Como que lendo meu pensamento, Clara observou:

– Muitas vezes, Eulália, mesmo a fera mais primitiva, se acalma ao som de uma linda canção! Não há como conhecer o coração alheio, e pode ser que esse homem, que sempre teve tudo o que desejou, tenha realmente se enamorado de ti, que se manteve impossível para ele.

Ela não olhou para Clara muito satisfeita, mas teve que admitir:

– Pode ser... com a minha tola ideia de vingança, acabei achando o meu fim! Ao ouvir a minha resposta, o padre reconheceu: "tens razão. Fui sempre egoísta desde criança. Ardiloso, convencia a quem queria e, se de início detestei a ideia do clero, logo vi que não seria assim tão ruim. Padres são homens, Eulália; não santos! Alguns até são muito bons, tenho que admitir, mas não são todos que são talhados para o celibato. Mas o que sinto por você nunca tinha sentido antes, mistura de sagrado e profano, de inocência e malícia, uma pureza cheia de pequenos significados. Nunca achei que você se suicidaria depois de nosso ato de amor, e se suspeitasse deste desfecho, jamais teria te tocado". Olhei para ele como se não acreditasse ouvir tais palavras, e disse: "não ouviu os meus gritos e o meu desespero? Não notou que eu o arranhava? Não reparou no sangue que eu verti sendo forçada e no choro de raiva, angústia e medo?". O cínico ainda quis me convencer dizendo: "imaginei que fossem pudores de donzela, mas eu ia realmente me casar contigo depois".

Fiquei irritado com essa parte da narrativa, mas foi Clara que expressou melhor o sentimento de nós dois:

- Miserável! Pudores de donzela? Já vi gente ruim, mas esse!

- Respondi que nunca me casaria com ele, e então fiz menção de me retirar de sua presença, ao que ele me perguntou se eu não queria saber o que tinha ocorrido no convento depois de minha morte. Curiosa, eu me sentei no chão, disposta a ouvi-lo: ele me disse que pouca gente acreditou que eu tivesse me suicidado daquela forma, um corte logo abaixo do queixo, fundo, indo de orelha a orelha. Que conseguiram abrir a porta quase vinte e quatro horas depois, dando com ele abraçado comigo em uma poça de sangue coagulado! Com muito custo me tiraram de seus braços, ele explicou que eu tinha me matado. Perguntado pelo motivo, disse que eu estava tendo muitas visões desde a morte da irmã Fátima, e que isso tinha afetado o meu juízo. Apesar da história, as irmãs que limparam meu corpo viram os sinais de estupro, e o que se comentou no convento foi uma versão bem diferente: a do estupro seguido de morte.

Haveria punição para o estuprador? Mesmo que o achassem um assassino? Duvidava muito...

– Com isso, o bispo achou melhor recolhê-lo para que ele fosse dar aulas em respeitável seminário, até que se recuperasse do choque. E assim se fez. Chegou ao seminário, ainda bastante abalado, pois dizia sonhar comigo praticamente todas as noites e que em nada conseguia se concentrar. Se no início preocupou-se com o escândalo, agora a saudade batia-lhe à porta, deixando-o deprimido e triste. Lembrou-se então da escultura de pedra sabão que tinha deixado no convento, e de todos os seus esboços que retratavam o meu rosto com admirável perfeição. Mandou que buscassem tudo: daria as aulas no seminário, mas só depois de terminar a sua escultura para as irmãs Clarissas.

– E mandaram tudo para ele? – perguntou Clara.

– Disse ele que sim. Arrumaram para ele grande quarto bem iluminado, e lá estava a escultura, faltando meu rosto e um dos pés nos detalhes. Feliz com os esboços, voltou ao trabalho, ao menos agora se sentiria comigo por perto de novo! Terminou rapidamente o outro pé, e então, mirou os esboços e preparou-se para começar a esculpir, mas qual! As mãos tremiam! Não conseguiam dar à pedra um único ângulo reto sequer! Lembrava-se da perfeição do formato do meu rosto, dos olhos, do perfil do nariz, da curva dos lábios, mas na hora de dar forma à escultura, o tremor era tanto que caía a ferramenta, sem dar-lhe chance sequer de um começo!

Eulália sorriu, satisfeita:

- Segundo ele, tentou, não por dias, mas por dois meses, em que foi crescendo notável desespero. Começou a ouvir vozes femininas vindas dos mais diferentes lados, começou a penitenciar-se, confessou seus pecados para um velho padre do seminário, mas nada lhe dava paz! Se dormia, dizia que eu lhe vinha em sonhos, acusadora e cruel, dizendo que ele tinha perdido o talento por conta de seus maus atos. O apetite, antes forte e voraz, se esvaiu, tornou-se taciturno, inquieto, imaginando-se perseguido pelos corredores do seminário... Lembrei-me de suas vítimas que terminaram suas vidas em tão triste situação e não tive pena dele. Sinceramente, imaginei que elas ficariam ao menos aliviadas ao saberem que ele tinha passado por semelhante situação.

- E elas não o tinham acompanhado? - perguntou Clara, acostumada a ver espíritos vingativos acompanhando seus malfeitores.

- Na época eu não sabia como os espíritos podiam perseguir os vivos. E mesmo que soubesse, não teria perseguido quem quer que fosse. Já tinha aprendido o quanto uma vingança podia ser perigosa, queria apenas me afastar de tudo aquilo! Mas elas realmente perseguiram o padre sem descanso, cinco moças a quem ele tinha causado a desgraça e que lhe juraram vingança: primeiro através de mim, obsidiando-me também para não desistir da vingança, inspirando-me e seduzindo-o. Eu não sabia, mas fui comparsa dessas cinco infelizes e usada por elas sem descanso, até o desfecho final de minha vida, no desejo que elas tinham de prejudicar o padre! Encontraram em mim campo fértil para o seu ódio e a sua mágoa contra ele, alimentando a sua paixão e os seus desvarios. Pobre de quem acha que pode fazer o mal sem esperar por retorno!

– Chegou a vê-las com ele, Eulália? – perguntei.

O olhar dela ficou triste e abatido por um instante e só então ela me respondeu, como se a lembrança fosse por demais dolorida:

– No início pareciam apenas sombras em torno dele, como se tentassem sufocá-lo ou impedir seu caminho. Vê-se muitas coisas estranhas nesse local, por isso me isolo o mais possível, e não é tudo o que se compreende... Depois de algum tempo eu as vi realmente e só então reconheci uma das moças do convento. Elas me olharam como se eu fosse uma velha conhecida e eu percebi que já estavam comigo há muito tempo, companheiras do mesmo sentimento de vingança, sem dizer uma palavra sequer. Elas me olharam, eu as olhei, nos entendemos sem dizer palavra, e foi tudo. Sei que meu fim foi triste, mas foi escolha minha. Nunca as culpei. Estavam tão presas à mágoa como eu estava.

Admirei isso nela, a admissão da própria culpa, mesmo depois de tanto tempo sendo obsidiada por espíritos tão sofredores. Não são poucas as pessoas que culpam os obsessores ou "demônios" pelos seus crimes como se fossem os únicos responsáveis por sua desgraça, mas a verdade é que em um coração repleto de bondade e caridade, não há espaço para isso. Bem disse o mestre Jesus: "vigiai e orai!", principalmente a nós mesmos e os nossos pensamentos! Que não desejemos o mal a quem quer que seja, que tenhamos sempre a piedade em nossos corações! Esse sim é um bom meio de afastar os obsessores! Na sua frequente busca de vingança, a pobre Eulália atraiu a si espíritos com iguais desejos e abriu as portas para eles.

Ela continuou com o relato da vida do padre Giácomo:

– Depois de sua morte, ele pôde verificar a influência delas. Aos poucos foi tendo enjoos cada vez mais fortes com a comida, desgostoso que estava de sua atual situação. O remorso finalmente lhe visitava, junto com a saudade que ele sentia de seus dias comigo e por conta da morte violenta que tive. Com o organismo em frangalhos, ele me contou das visões que teve, e eu imaginei o quanto as moças que o perseguiam teriam a ver com aquilo. Atormentado, ensandecido de paixão e despido de seus talentos, o padre Giácomo perdeu a sua pouca fé e enforcou-se, para a satisfação de suas torturadoras, que continuaram a persegui-lo no além-túmulo.

Fiquei a imaginar no tanto que o ser humano se engana quando está na Terra e se veste com algum poder. Tantos são os que ocupam cargos maiores ou menores aos quais dão tanta importância, e tratam seus subordinados como se de fato importassem menos! Olhei ali a história daquele padre Giácomo, naquele convento, se sentindo tão poderoso, dispondo com a ajuda de outros, da vida das pobres noviças, usando seu posto de padre de forma tão deplorável. Que colheita realizava agora, quando a aurora do mundo espiritual se abria sobre ele sem mentiras ou disfarces?

Não há mais ouro para comprar favores nem influências, nem como esconder as falhas da alma em roupas finamente bordadas. O ser vale pelo que é, pelo bem que pratica, por sua natureza, pelo que faz. Apiedei-me pelas moças que o cercavam, perdidas pela vingança enquanto poderiam aprender coisas tão melhores, em companhias tão mais edificantes. Entendia a dor, mas lamentava profundamente que elas continuassem a se machucar continuamente! Olhei Eulália e perguntei a ela:

– Sentiu-se em paz, finalmente, ao vê-lo derrotado, Eulália?

Ela me olhou espantada:

– E deveria? Afastei-me dele e das moças que estavam com ele. Vai saber com quantas moças mais andou fazendo filhos e desgraçando a vida! Acho que as outras, assim como eu, não conseguiam sequer ficar perto do infeliz! Fico contente que esteja preso naquele Vale, eu continuei andando, seguindo o riacho e vim parar por aqui. Depois de muito tempo, tive o desprazer de encontrar a irmã Lourdes, que insistiu em me atormentar, e Deus sabe que não fui santa durante a minha vida. Durante essa eternidade de tempo que estou aqui, é a primeira vez que converso com alguém que não me humilha ou não tenta me fazer algum mal.

Clara olhou para ela com simpatia:

– Nunca rezou pedindo a Deus por ajuda? Nunca quis sair daqui?

Ela olhou para nós dois, e depois para Olívia, novamente sentada num dos galhos altos de sua árvore. Acompanhei seu olhar e sorri. Lá estava a menina, recostada no tronco, olhando à distância para o Sul, com ar interessado como se visse algo diferente, interessante ou mesmo fora do comum. Ela estava brilhando numa luz mais discreta do que de costume. Eulália me perguntou:

– É um anjo, não é? Não é um truque, como pensou a irmã Lourdes, para nos levar para um lugar pior...

Eu sabia que Olívia tinha ouvido, mas, ainda assim, ela não deu mostras disso, continuou olhando ao longe, sobrancelhas franzidas. Eu respondi a Eulália:

– Por que acha que a levaríamos a um lugar pior, Eulália? Já não tem sofrido o bastante?

A bela moça me fitou com seus olhos verdes desconfiados:

– Sou uma suicida, sei que merecia o fogo do inferno, e aqui não tem fogo. Como saber se não vão me levar para um lugar pior? Sei que fiz o mal, que mereço castigos, que não tive fé... Sempre me disseram que Deus pune os pecadores, e eu sou testemunha do quanto isso é verdade, depois que morri.

Pensei na vida da moça, nos anos de convento ouvindo falar de "fogo de inferno" diariamente, ainda que, se dizendo sem fé, algo tinha se fixado nela, e era o temor do castigo! Maltratada durante a vida na Terra e indo para o umbral, Eulália não tinha tido acesso aos ensinamentos do Evangelho do Cristo que falava em perdão, misericórdia, fé e alegria junto a um Deus carinhoso que a todos acolhe e ensina! Pensava justamente nisso, quando Olívia, para susto meu, apareceu como um raio ao meu lado, entre mim e Clara, falando à moça, num tom de voz suave, mas que em nada lembrava uma criança: ela acreditava no inferno, mas não conseguia vislumbrar Deus!

– É verdade que tem sofrido, que passou por coisas desagradáveis durante a vida. Mas Deus sempre esteve contigo, embora você fizesse força para não vê-Lo e se julgasse dona de seu destino. Muito de sua vida foi escolha sua.

Eulália a olhou como se ela tivesse lhe atirado uma pedra e atingido o coração, embora Olívia lhe falasse com calma. E respondeu:

– Escolha minha? E foi escolha minha nascer em família pobre, no meio de seis irmãos, em lavoura miserável que dependia do clima o tempo inteiro? Nem brinquedos tínhamos! O chão de nossa casa era de terra batida, meus pais mal sabiam assinar o nome!

Olívia sorriu:

– De fato. A comida em sua casa não era de qualidade, mas nunca faltou. Seus irmãos se estabeleceram na vida de forma humilde, as moças se casaram, os dois meninos se tornaram lavradores. Seu pai se foi cedo por conta do alcoolismo, e você, que quase sofreu uma violência irreparável nas mãos dele aos nove anos de idade, aos treze foi enviada para um convento. Teve uma tia chamada Efigênia, não teve, Eulália?

Ela olhava Olívia com espanto, como se tentasse adivinhar como ela sabia tanto da sua vida. Ao ouvir falar de sua tia Efigênia ela empalideceu, abaixou a cabeça e respondeu:

– Sim. Depois do acontecido na casa de meus pais fiquei com tia Efigênia dos nove aos treze anos. Só então tive que ir para o convento.

Olívia a olhava com firmeza e perguntou:

– É certo que seu pai tinha problemas com o álcool e outras falhas morais, mas não pode dizer que sua tia não tenha lhe dado bons exemplos, ou ainda que sua mãe não tenha tentado lhe proteger, não é mesmo?

Eulália baixou os olhos, envergonhada. Sem nos olhar diretamente disse:

– Tem razão. Minha mãe podia não ter instrução e viver assoberbada de afazeres domésticos, sem tempo para carinhos com os filhos... Mas era uma mulher honesta, trabalhadora; protegeu-me do ataque de meu pai. Se nunca faltou comida em nossa mesa, o mérito em muito foi dela, incansável na labuta. O mesmo pode ser dito de minha tia Efigênia, com quem eu me parecia fisicamente: a irmã de meu pai me acolheu de braços abertos, pobre viúva, sem filhos e bastante honesta. Era doceira, muito cristã, tudo fez para que eu trilhasse o melhor dos caminhos. Mas eu não correspondi ao seu afeto.

Percebi um rasgo no orgulho imenso de Eulália; finalmente ela admitia que tinha tido bons exemplos em sua vida:

– Fiquei moça muito cedo, e o meu corpo logo se encheu de curvas, eu cresci muito para minha idade. Aceitei presentes de vários homens, ambiciosa, vaidosa, imune aos conselhos de minha tia. Causei tamanha confusão na Vila onde morava, que um moço se suicidou, pois, mesmo recebendo os presentes, eu desprezava os homens que os davam, causando uma certa fúria neles. Restou isolar-me no convento... Tivesse me comportado bem, teria ficado com minha tia, que tanto me amava, e nada disso teria ocorrido.

Olívia tornou a perguntar:

– E no convento, apesar da irmã Lourdes, não havia freiras boas?

Eulália olhou-a, triste:

– Claro que sim! Na cozinha havia irmã Paula que sempre guardava uns biscoitos para as alunas mais pobres, que chegavam no convento. As aulas de costura eram dadas pela irmã Matilde, que tinha uma paciência de dar inveja a qualquer santo, ensinando mesmo às mais desajeitadas os delicados pontos de bordado... Agora pensando, e me lembrando da doce irmã Fátima, das irmãs, a maioria era boa, ainda que ralhassem conosco, às vezes. As que gostavam mesmo de castigos severos eram no máximo quatro.

Olívia sorriu e disse:

– Não é triste como, às vezes, quatro maçãs ácidas estragam a fama de toda uma árvore? Você se lembra da vida com amargura infinita, mas também teve nela tantas pessoas que lhe fizeram o bem! Nasceu bela, inteligente, perfeita! Era pobre, mas não miserável... Embora seu pai tenha falhado miseravelmente, e ele responderá por suas falhas, teve uma mãe que a protegeu. E não acredite que todas as mães protegem suas filhas: muitas são as mulheres que falham no dever materno, sacrificando suas crianças em nome do próprio conforto! Teve o amor incondicional de sua tia, a bondade de algumas mulheres do convento... É certo que teve desventuras, fez suas escolhas e que elas a levaram a caminhos tortuosos. Mas Deus, Eulália, sempre esteve contigo. E é você que continua virando as costas teimosamente para Ele.

Vi os olhos da moça se encherem de lágrimas e a senti pequena e triste. A solidão de quase cem anos de umbral ali estava, encolhida naquela frágil figura de mulher envolta por um manto de cor marrom clara, cabelos louros e curtos, esvoaçantes ao vento cortante e frio do umbral. Olívia aproximou-se dela, o brilho translúcido e belo refletindo naquela paisagem cinzenta:

– Não nota que se há o mal, o bem também existe? Como explicar o mundo espiritual sem a existência de Deus, Eulália? Por quanto tempo ainda deseja expiar a sua culpa, sem com isso obter um aprendizado?

Eulália respondeu:

– Mas sou uma suicida, para mim não há perdão!

Olívia respondeu prontamente:

– Triste é o homem que diz tais coisas em nome de Deus! Tolo é o ser que acredita, na Terra, pequeno como é, entender a grandiosidade de Sua obra e de Seu amor! Para isso Ele nos mandou o Cristo, de quem lhe falaram tão pouco, Eulália. Jesus ensinou perdoar o inimigo, aconselhou não julgar o próximo! Quem de nós aqui lhe julga? Quem não lhe acha merecedora de uma nova chance? Por que padecer aqui em sensações de frio e fome, enquanto onde vivemos pode ser tão bem amparada, aprender tantas coisas? Perdoe seus inimigos, já não viu o destino triste que tiveram?

O olhar dela ainda se endureceu:

– Eles merecem o destino que têm!

Clara suspirou:

– Enquanto desejar mal a eles, será como um deles. Confie em Deus, cada qual tem seu tempo, suas oportunidades. Estamos aqui agora, e nos importamos com o seu futuro. Não quer deixar para trás o ódio e o rancor? Quer insistir em escolhas erradas e permanecer infeliz?

Ela nos olhou com mágoa e descrença, e pensou: "por isso estou aqui há anos, nesse sofrimento sem fim? Que Deus é esse que nunca me ajudou?"

Desta vez fui eu a responder:

– E a quantos você ajudou durante a vida, sem esperar nada em troca, Eulália? Quantas vezes orou a Deus pedindo por amparo ou proteção? Vejo em você a culpa, mas nenhuma oração ou desejo de bem por aquelas a quem você acha que poderia ter ajudado. Continua presa ao mesmo orgulho sem fim, mesmo vendo a eternidade à sua frente, sabendo que a vida após a morte continua! Sim! Você tem escolhido permanecer aqui todo esse tempo, embora não se dê conta disso!

Ela me olhou ainda um tanto surpreendida, não se acostumara ainda a nossa "telepatia", para nós já tão comum. Clara me olhou com compreensão e disse-lhe:

– Não são todos na Colônia que "leem pensamentos". Isso depende do desenvolvimento de cada um, mas tenha certeza de que não será julgada por lá pelo seu passado. Mesmo porque, ninguém é santo! Todos temos nossos erros e estamos aprendendo, como você.

Observei a moça que nos olhava, num misto de medo e esperança pelo tempo sofrido no umbral. Na realidade, o ódio que tinha sentido pelos seus carrascos não era tão forte, mas o receio pelo desconhecido era intenso. Em seus pensamentos eu lia francamente a dúvida: Colônia? Como seria esse lugar de que falávamos? Seria bem recebida? Não fazia tanto frio?

Em seu coração ela sabia que não lhe faríamos nenhum mal, mas Eulália tinha passado por tantos maus pedaços que temia por qualquer tipo de mudança. Notando isso, Olívia começou a afastar-se dela, e sorriu para mim e Clara:

– Bom, então vamos andando. Como sabem, temos muito o que fazer... Fique com Deus, Eulália!

Pegos meio de surpresa, eu e Clara nos levantamos para nos despedir de Eulália, que arregalou os olhos verdes um tanto espantada.

– Já vão?

– Sim – respondi eu. – Estamos procurando por um rapaz, chamado Fabrício. Não conheceu nenhum por aqui, não é?

Ela ficou meio confusa:

– Não. Mas...

– É verdade! Ficamos tanto tempo com Eulália que eu até tinha me esquecido! Para onde vamos agora? – perguntou Clara.

Um tanto perdida, ao notar que caminhávamos rápido, Eulália correu até nós:

– Esperem! Não me deixem aqui!

Clara foi até ela e lhe deu um forte abraço, acalmando-a. Depois de breve conversa e um passe, Olívia lhe deu as mãos, e nos disse:

– Pode deixar que eu a levo para a Colônia. Vai precisar de ajuda por lá. Vocês devem seguir para o sul, mas com cuidado! Andei vendo mais "coisas estranhas" por aqueles lados. Assim que puder, e ela estiver bem instalada, eu volto!

E com essas palavras, despediu-se de nós levando uma Eulália de sorriso tímido, mas confiante. Ficamos, eu e Clara, à beira daquele riacho onde tínhamos passado nossas últimas horas escutando a história daquela moça e pensando em como ela se adaptaria em sua nova vida. Sentados em uma pedra mais alta, Clara me disse:

– Viemos para buscar um, e estamos encaminhando uma moça que nem imaginávamos. Que história mais triste, não foi, Ariel?

Olhei para minha amiga, os cabelos castanhos e lisos voando ao vento frio, o rosto franco que eu já conhecia havia tantos anos:

– Nem fale! Mas o suicídio dela foi num momento de loucura, tudo isso deve ser considerado... Dadas as circunstâncias do ato, ela não estava raciocinando quando fez o que fez. Foi uma insanidade!

– Foi um crime, isso sim! Ora! Já se viu um padre abusar de uma moça daquela forma! Tanta mulher interessada nele, tinha que aviltar a menina? Sei que hoje sofre as consequências, que é um sofredor que merece também a nossa piedade, mas, francamente, o crime de estupro é revoltante!

Não pude deixar de concordar com ela. O papel masculino deve ser sempre o de respeito e proteção, semelhante abuso denotava o de um longo caminho ainda a ser trilhado na escada da evolução humana. Ainda um tanto assustada com o que tinha ouvido, Clara comentou:

– E tudo isso se passar num convento! Eu nunca imaginaria isso, Ariel!

Eu, que já tinha ouvido algumas histórias, mas nunca nada daquele tipo, observei à minha amiga:

– Na realidade, Clara, não é só por ser um convento. Acredito que em qualquer lugar onde existem regras muito rígidas e uma moralidade muito cobrada, seja de qualquer religião, as coisas, às vezes, possam tomar rumos cruéis. Coisas horríveis já foram feitas em nome da religião... Assassinatos, estupros, roubos... E não foi só na Igreja Católica que isso aconteceu. Há muito sangue na maior parte delas.

Ela me olhou surpresa:

– É mesmo? Na maior parte?

– Sim. E depois, a Igreja Católica também tem muitos méritos, e não podemos nos esquecer deles! A verdade é que dentro de qualquer religião existem pessoas boas e as que ainda estão evoluindo. Deus não desampara, não é mesmo? E sempre acha um jeito de se comunicar com os Seus...

Olhei em volta, o lugar ermo onde estávamos. Ao longe víamos vultos passando e eu pensava em quantos espíritos com crimes como o estupro ou coisa ainda pior poderiam estar por ali. Já tinha ouvido falar das cidades do umbral, mas nunca tinha estado sequer muito perto delas, e nem pretendia estar. Olhei para a árvore onde tinha estado a nossa Olívia e notei que ela estava mais viçosa, saindo até alguns pequenos brotos do caule. Mostrei a Clara, que riu:

– É tudo uma questão de energia... Não é mesmo, Ariel?

Lembrei-me então de Olívia olhando ao sul, em cima dessa mesma árvore, com um ar preocupado... Um aperto bateu-me no peito. Deus sabe o porquê! E me ajeitando em meu manto, eu disse a Clara:

– Acredito que é hora de irmos andando, minha amiga.

– Não quer aguardar Olívia por aqui?

Um vento frio sussurrou no meu ouvido: "Vá para o sul, depois daquela colina". E eu disse:

– Não, minha amiga. É hora de irmos agora. Quero ver se alcançamos aquela colina até o entardecer.

Sem mais perguntas ela se levantou e nós fomos, ela despreocupadamente. Eu, nem tanto... A menina tinha pedido que tomássemos cuidado, e eu me lembrava da testa franzida que ela tinha feito.

O caminho parecia ser longo, e, no umbral, nunca se sabe o que apareceria...

Será que finalmente encontraríamos Fabrício?

De qualquer forma, Deus nos acompanharia... Deus e aquele pôr do sol magnífico!

Fim

VOCÊ PRECISA CONHECER

Espelho d'água

Mônica Aguieiras Cortat • Alice (espírito)

Romance mediúnico • 16x22,5 cm • 368 pp.

Em *O Livro dos Médiuns*, a mediunidade de cura está perfeitamente catalogada, deixando muito claro a importância do assunto, que é o tema central deste romance psicografado por Mônica Aguieiras Cortat, narrando a história das gêmeas Alice e Aline – cada uma com seus diferentes dons, adquiridos ao longo de muitas vidas.

Paixão & sublimação - A história de Virna e Marcus Flávius

Ana Maria de Almeida • Josafat (espírito)

Romance mediúnico • 14x21 • 192 pp.

Atravessando vários os períodos da História, Virna e Marcus Flávius, os personagens desta história, serão submetidos ao cadinho das experiências e das provações e, como diamante arrancado da rocha, serão lapidados através das múltiplas experiências na carne até converterem-se em servos de Deus.

O faraó Merneftá

Vera Kryzhanovskaia • John Wilmot Rochester (espírito)

Romance mediúnico • 16x22,5 • 304 pp.

O livro *O faraó Merneftá*, personagem que representa uma das encarnações de Rochester, autor espiritual da obra, nos mostra com grande veracidade a destruição que o sentimento de ódio desencadeia na vida do espírito imortal.

Vivendo na época de Moisés, um tempo de repressão e disputa pelo poder, as paixões exacerbadas de seus protagonistas provocaram tragédias que demandariam muito tempo para serem superadas.

VOCÊ PRECISA CONHECER

Se sabemos, por que não fazemos?
José Maria Souto Netto
Autoajuda • 14x21 cm • 160 pp.

O autor se debruça sobre as lições do espiritismo e do evangelho de Jesus para oferecer algumas reflexões, propor atitudes que nos ajudem na prática, que deve ser simples e natural, e para demonstrar que todos podem avançar do conhecimento para a vivência, sair da ignorância para a atitude.

Reencarnação - questão de lógica
Américo Domingos Nunes Filho
Estudo • 16x22,5 • 320 pp.

Este livro vem esmiuçar o tema reencarnação, provando em vários aspectos a sua realidade. Seu autor, o médico pediatra Américo Domingos Nunes Filho, realizou um estudo criterioso e muito bem embasado nos textos bíblicos, em experimentos científicos, nos depoimentos de estudiosos de diversas áreas do conhecimento humano, constituindo-se numa obra que não comporta contestação por sua clareza e veracidade.

Os animais na obra de Deus
Geziel Andrade
Estudo • 14x21 • 272 pp.

Geziel Andrade vem nos mostrar, em seu livro *Os animais na obra de Deus*, como se processa a evolução do princípio inteligente. Esse princípio inteligente, criado por Deus, percorre uma longa jornada, lenta e continuadamente, desde as formas mais primitivas, passando por inumeráveis experiências até atingir a condição humana, e daí, novamente, tem pela frente desafios e retornos à vida material até alcançar a angelitude, destino final de toda criatura.